珠子灯

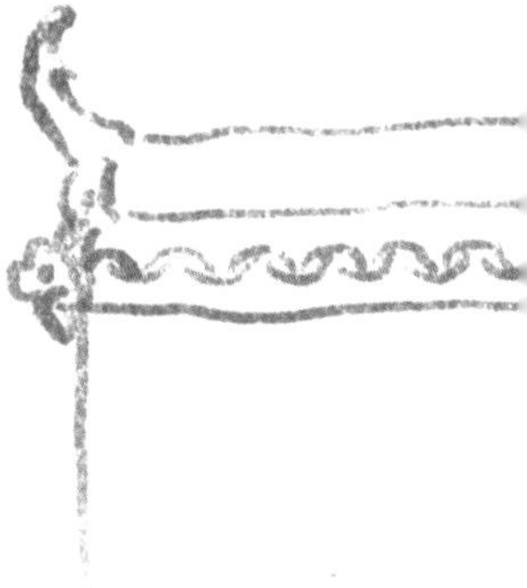

汪曾祺/著

北方文艺出版社

图书在版编目（CIP）数据

珠子灯 / 汪曾祺著 . -- 哈尔滨 : 北方文艺出版社，2023.7

ISBN 978-7-5317-5514-2

Ⅰ . ①珠… Ⅱ . ①汪… Ⅲ . ①小说集 – 中国 – 当代 Ⅳ . ① I247

中国版本图书馆 CIP 数据核字 (2022) 第 053999 号

珠子灯
ZHUZIDENG

作　者 / 汪曾祺

责任编辑 / 赵芳
策划编辑 / 孙玉洁
出版发行 / 北方文艺出版社
发行电话 /（0451）86825533
地　址 / 哈尔滨市南岗区宣庆小区 1 号楼

封面设计 / 璞茜设计
邮　编 / 150080
经　销 / 新华书店
网　址 / www.bfwy.com

印　刷 / 保定市铭泰达印刷有限公司
字　数 / 178 千字
版　次 / 2023 年 7 月第 1 版

开　本 / 787mm × 1092mm 1/32
印　张 / 8.25
印　次 / 2023 年 7 月第 1 次

书　号 / ISBN 978-7-5317-5514-2
定　价 / 55.00 元

编辑说明

汪曾祺（1920—1997），江苏高邮人，中国现当代著名作家，同时也是散文家、戏剧家，京派作家的代表人物。1939年，他以第一志愿考入西南联大中国文学系，师从沈从文。从1940年开始发表作品。他的创作，小说、散文、戏剧等都取得了较高的艺术成就。同时，他的书画作品也颇受读者喜爱。

此次出版的汪曾祺文集，共五本，体裁以散文和小说为主，按题材进行分类。为尊重著作原貌，基本保留了特殊历史条件下的特殊表达方式与作家个人的表达习惯，部分篇章的语言表述与今日略有不同之处，未对部分文字进行现代汉语规范化处理，请读者阅读时注意鉴别。

屋里点了灯，气氛就很不一样了。这些灯都不怎么亮，但很柔和。尤其是那盏珠子灯，洒下一片淡绿的光。绿光中珠幡的影子轻轻地摇曳，如梦如水，显得异常安静。

1987 年 在家中

目录

辑一　珠子灯

珠子灯　003
钓鱼的医生　006
卖眼镜的宝应人　013
小孃孃　019
钓人的孩子　025
金冬心　031

辑二　黄油烙饼

黄油烙饼　043
复仇　053
昙花、鹤和鬼火　065
邂逅　076
看水　088
异秉　102

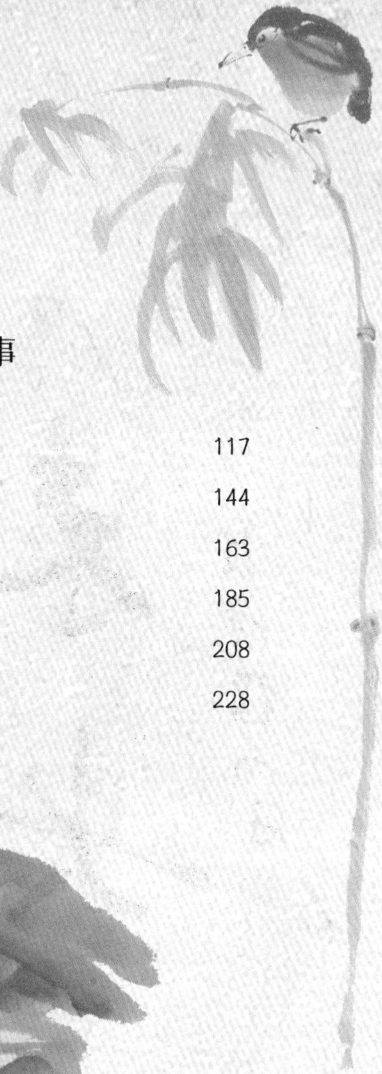

辑三　大淖记事

鸡鸭名家　117

故里杂记　144

岁寒三友　163

大淖记事　185

八千岁　208

徙　228

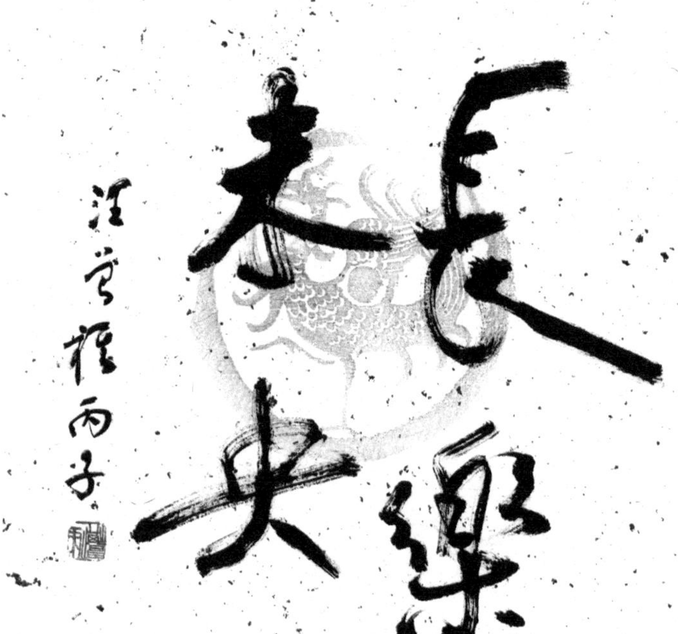
長樂未央
汪曾祺丙子

辑一　珠子灯

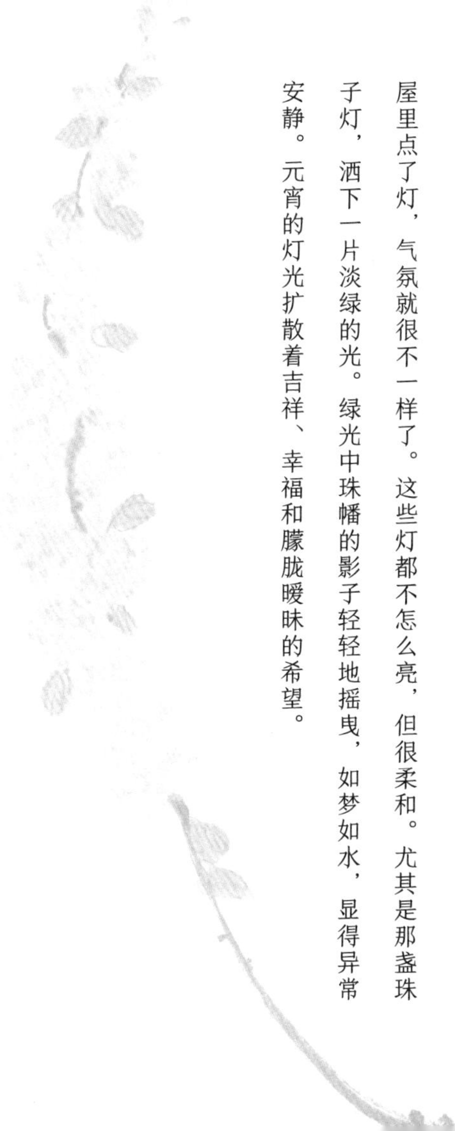

屋里点了灯，气氛就很不一样了。这些灯都不怎么亮，但很柔和。尤其是那盏珠子灯，洒下一片淡绿的光。绿光中珠幡的影子轻轻地摇曳，如梦如水，显得异常安静。元宵的灯光扩散着吉祥、幸福和朦胧暧昧的希望。

珠子灯

这里的风俗，有钱人家的小姐出嫁的第二年，娘家要送灯。送灯的用意是祈求多子。元宵节前几天，街上常常可以看到送灯的队伍。几个女用人，穿了干净的衣服，头梳得光光的，戴着双喜字大红绒花，一人手里提着一盏灯；前面有几个吹鼓手吹着细乐。远远听到送灯的箫笛，很多人家的门就开了。姑娘、媳妇走出来，倚门而看，且指指点点，悄悄评论。这也是一年的元宵节景。

一堂灯一般是六盏。四盏较小，大都是染成红色或白色，而且画了红花的羊角琉璃泡子。一盏是麒麟送子：一个染色的琉璃角片扎成的娃娃骑在一匹麒麟上。还有一盏是珠子灯：绿色的琉璃珠子穿扎成的很大的宫灯。灯体是八扇玻璃，漆着红色的各体寿字，其余部分都是珠子，顶盖上伸出八个珠子的凤头，凤嘴里衔着珠子的小幡，下缀珠子的流苏。这盏灯分量相当的重，送来的时候，得两个人用一根扁担抬着。这是一盏主灯，挂在房间的正中。旁边是麒麟送子，玻璃泡子挂在四角。

到了"灯节"的晚上，这些灯里就插了红蜡烛，点亮了。从十三"上灯"到十八"落灯"，接连点几个晚上。平常这些灯是不点的。

屋里点了灯，气氛就很不一样了。这些灯都不怎么亮（点灯的目的原不是为了照明），但很柔和。尤其是那盏珠子灯，洒下一片淡绿的光。绿光中珠幡的影子轻轻地摇曳，如梦如水，显得异常安静。元宵的灯光扩散着吉祥、幸福和朦胧暧昧的希望。

孙家的大小姐孙淑芸嫁给了王家的二少爷王常生。她屋里就挂了这样六盏灯。不过这六盏灯只点过一次。

王常生在南京读书，秘密地加入了革命党，思想很新。订婚以后，他请媒人捎话过去：请孙小姐把脚放了。孙小姐的脚当真放了，放得很好，看起来就不像裹过的。

孙小姐是个才女。孙家对女儿的教育很特别，教女儿读诗词。除了《长恨歌》《琵琶行》，孙小姐能背全本《西厢记》。嫁过来以后，她也看王常生带回来的黄遵宪的《日本国志》和林译小说《迦茵小传》《茶花女遗事》……

两口子琴瑟和谐，感情很好。

不料王常生在南京得了重病，抬回来不到半个月，就死了。

王常生临死对夫人留下遗言："不要守节。"

但是说了也无用。孙王二家都是书香门第，从无再婚之女。改嫁，这种念头就不曾在孙小姐的思想里出现过。这是绝不可能的事。

从此，孙小姐就一个人过日子。这六盏灯也再没有点过了。

她变得有点古怪了，她屋里的东西都不许人动。王常生活着的时候是什么样子，永远是什么样子，不许挪动一点。王常生用过的手表、座钟、文具，还有他养的一盆雨花石，都放在原来的位置。孙小姐原是个爱洁成癖的人，屋里的桌子椅子、茶壶茶杯，每天都要用清水洗三遍。自从王常生死后，除了过年之前，她亲自监督着一个从娘家陪嫁过来的女用人大洗一天之外，平常不许擦拭。里屋炕几上有一套茶具：一个白瓷的茶盘，一把茶壶，四个茶杯。茶杯倒扣着，上面落了细细的尘土。茶壶是荸荠形的扁圆的，茶壶的鼓肚子下面落不着尘土，茶盘里就清清楚楚留下一个干净的圆印子。

她病了，说不清是什么病。除了逢年过节起来几天，其余的时间都在床上躺着，整天地躺着。除了那个女用人，没有人上她屋里去。

她就这么躺着，也不看书，也很少说话，屋里一点声音没有。她躺着，听着天上的风筝响，斑鸠在远远的树上叫着双声，“鹁鸪鸪——咕，鹁鸪鸪——咕”，听着麻雀在檐前打闹，听着一个大蜻蜓振动着透明的翅膀，听着老鼠咬啮着木器，还不时听到一串滴滴答答的声音，那是珠子灯的某一处流苏散了线，珠子落在地上了。

女用人在扫地时，常常扫到一二十颗散碎的珠子。

她这样躺了十年。

她死了。

她的房门锁了起来。

从锁着的房间里，时常还听见散线的玻璃珠子滴滴答答落在地板上的声音。

载一九八二年第一期《十月》

钓鱼的医生

这个医生几乎每天钓鱼。

他家挨着一条河。出门走几步，就到了河边。这条河不宽。会打水撇子（有的地方叫打水飘，有的地方叫打水片）的孩子，捡一片薄薄的破瓦，一扬手忒忒忒忒，打出二十多个，瓦片贴水飘过河面，还能蹦到对面的岸上。这条河下游淤塞了，水几乎是不流动的。河里没有船。也很少有孩子到这里来游水，因为河里淹死过人，都说有水鬼。这条河没有什么用处。因为水不流，也没有人挑来吃。只有南岸的种菜园的每天挑了浇菜。再就是有人家把鸭子赶到河里来放。河南岸都是大柳树。有的欹侧着，柳叶都拖到了水里。河里鱼不少，是个钓鱼的好地方。

你大概没有见过这样的钓鱼的。

他搬了一把小竹椅，坐着。随身带着一个白泥小炭炉子，一口小锅，提盒里葱姜作料俱全，还有一瓶酒。他钓鱼很有经验。钓竿很短，鱼线也不长，而且不用漂子，就这样把钓线甩在水里，看到线头动了，提起来就是一条。都是三四寸长的鲫鱼——这条河里的鱼以白条子和鲫鱼为多。白条子他是不钓的，他这种钓法，是钓鲫鱼的。钓上来一条，刮刮鳞洗净了，就手就放到锅里。不大一会，鱼就熟了。他就一边吃鱼，一边喝酒，一边甩钩再钓。这种出水就烹制的鱼味美无比，叫做“起水鲜”。到听见女儿在门口喊：“爸——！”知道是有人来看病了，就把火盖上，把鱼竿插在岸边湿泥里，起身往家里走。不一会，就有一只钢蓝色的蜻蜓落在他的鱼竿上了。

这位老兄姓王，字淡人。中国以淡人为字的好像特别多，而且多半姓王。他们大都是阴历九月生的，大名里一定还带一个菊字。古人的一句“人淡如菊”的诗，造就了多少人的名字。

王淡人的家很好认。门口倒没有特别的标志。大门总是开着的，望里一看，就看到通道里挂了好几块大匾。匾上写的是“功同良相”“济世救人”“仁心仁术”“术绍岐黄”“杏林春暖”“橘井流芳”“妙手回春”“起我沉疴”……医生家的匾都是这一套。这是亲友或病家送给王淡人的祖父和父亲的。匾都有年头了，匾上的金字都已经发暗。到王淡人的时候，就不大兴送匾了。送给王淡人的只有一块，匾很新，漆地乌亮，匾字发光，是去年才送的。这块匾与医术无关，或关系不大，匾上写的是“急公好义”，字是颜体。

进了过道，是一个小院子。院里种着鸡冠、秋葵、凤仙一类既不花钱，又不费事的草花。有一架扁豆。还有一畦瓢菜。这地方不吃瓢菜，也没有人种。这一畦瓢菜是王淡人从外地找了种子，特为种来和扁豆配对的。王淡人的医室里挂着一副郑板桥写的（木板刻印的）对子：“一庭春雨瓢儿菜，满架秋风扁豆花。”他很喜欢这副对子。这点淡泊的风雅，和一个不求闻达的寒士是非常配称的。其实呢？何必一定是瓢儿菜，种什么别的菜也不是一样吗？王淡人花费心思去找了瓢菜的菜种来种，也可看出其天真处。自从他种了瓢菜，他的一些穷朋友再来喝酒的时候，除了吃王淡人自己钓的鱼，就还能尝到这种清苦清苦的菜蔬了。

过了小院，是三间正房，当中是堂屋，一边是卧房，一边是他的医室。

他的医室和别的医生的不一样，像一个小药铺。架子上摆着许多青花小磁坛，坛口塞了棉纸卷紧的塞子，坛肚子上贴着浅黄蜡笺的签子，写着“九一丹”“珍珠散”“冰片散”……到处还有一些大大小小的乳钵，药碾子、药臼、嘴刀、剪子、镊子、钳子、钎子、往耳朵和喉咙里吹药用的铜鼓……他这个医生是“男妇内外大小方脉”，就是说内科、外科、妇科、儿科，什么病都看。王家三代都是如此。外科用的药，大都是“散”——药面子。“神仙难识丸散”，多有经验的医生和药铺的店伙也鉴定不出散的真假成色，都是一些粉红的或雪白的粉末。虽然每一家药铺都挂着一块小匾“修合存心”，但是王淡人还是不相信。外科散药里有许多贵重药：麝香、珍珠、冰片……哪家的药铺能用足？因此，他自己炮制。他的老婆、儿女，都是他的助手，经常看到他们抱着一个乳钵，握着乳锤，一圈一圈慢慢地磨研（散要研得极细，都是加了水“乳”的）。另外，找他看病的多一半是乡下来的，即使是看内科，他们也不愿上药铺去抓药，希望先生开了方子就给配一服，因此，他还得预备一些常用的内科药。

城里外科医生不多——不知道为什么，大家对外科医生都不大看得起，觉得都有点“江湖”，不如内科清高，因此，王淡人看外科的时间比较多。一年也看不了几起痈疽重症，多半是生疮长疖子，而且大都是七八岁狗都嫌的半大小子。常常看见一个大人带着生瘌痢头的瘦小子，或一个长痄腮的胖小子走进王淡人家的大门；不多一会，就又看见领着出来了。生瘌痢的涂了一头青黛，把一个秃光光的脑袋涂成了蓝的；生痄腮的腮帮上画着一个乌黑的大圆饼子——是用掺了冰片研出的陈墨画的。

这些生疮长疖子的小病症，是不好意思多收钱的——那时还没有挂号收费这一说。而且本地规矩，熟人看病，很少当下交款，都得要等“三节算账”——端午、中秋、过年。忘倒不会忘的，多少可就“各凭良心”了。有的也许为了高雅，其实为了省钱，不送现钱，却送来一些华而不实的礼物：枇杷、扇子、月饼、莲蓬、天竺果子、腊梅花。乡下来人看病，一般倒是当时付酬，但常常不是现钞，或是二十个鸡蛋，或一升芝麻，或一只鸡，或半布袋鹌鹑！遇有实在困难，什么也拿不出来的，就由病人的儿女趴下来磕一个头。王淡人看看病人身上盖着的破被，鼻子一酸，就不但诊费免收，连药钱也白送了。王淡人家吃饭不致断顿——吃扁豆、瓢菜、小鱼、糙米——和炸鹌鹑！穿衣可就很紧了。淡人夫妇，十多年没添置过衣裳。只有儿子女儿一年一年长高，不得不给他们换换季。有人说：王淡人很傻。

王淡人是有点傻。去年、今年，就办了两件傻事。

去年闹大水。这个县的地势，四边高，当中低，像一个水壶，别名就叫做盂城。城西的运河河底，比城里的南北大街的街面还要高。站在运河堤上，可以俯瞰城中鳞次栉比的瓦屋的屋顶；城里小孩放的风筝，在河堤游人的脚底下飘着。因此，这地方常闹水灾。水灾好像有周期，十年大闹一次。去年闹了一次大水。王淡人在河边钓鱼，傍晚听见蛤蟆爬在柳树顶上叫，叫得他心惊肉跳，他知道这是不祥之兆。蛤蟆有一种特殊的灵感，水涨多高，它就在多高处叫。十年前大水灾就是这样。果然，连天暴雨，一夜西风，运河决了口，浊黄色的洪水倒灌下来，平地水深丈二，大街上成了大河。大河里流着箱子、柜子、死牛、死人。这一年死于大水的，有上万人。大水十多天未退，有很多人困在房顶、树顶和孤岛一样的高岗子上挨饿；还有许多人生病：上吐下泻，痢疾伤寒。王淡人就用了一根结结实实的撑船用的长竹篙拄着，在齐胸的大水里来往奔波，为人治病。他会水，在水特深的地方，就横执着这根竹篙，泅水过去。他听说泰山庙北边有一个被大水围着的孤村子，一村子人都病倒了。但是泰山庙那里正是洪水的出口，水流很急，不能容舟，过不去！他和四个水性极好的专在救生船上救人的水手商量，弄了一只船，在他的腰上系了四根铁链，每一根又分在一个水手的腰里，这样，即使是船翻了，他们之中也可能有一个人把他救起来。船开了，看着的人的眼睛里都蒙了一层眼泪。眼看这只船在惊涛骇浪里颠簸出没，终于靠到了那个孤村，大家发出了雷鸣一样的欢呼。这真是玩儿命的事！

水退之后，那个村里的人合送了他一块匾，就是那块“急公好义”。

拿一条命换一块匾，这是一件傻事。

另一件傻事是给汪炳治搭背，今年。

汪炳是和他小时候一块掏蛐蛐，放风筝的朋友。这人原先很阔。这一街的老人到现在还常常谈起他娶亲的时候，新娘子花鞋上缀的八颗珍珠，每一颗都有指头顶子那样大！这家伙，吃喝嫖赌抽大烟，把家业败得精光，连一片瓦都没有，最后只好在几家亲戚家寄食。这一家住三个月，那一家住两个月。就这样，他还抽鸦片！他给人家熬大烟，报酬是烟灰和一点膏子。他一天夜里觉得背上疼痛，浑身发烧，早上歪歪倒倒地来找王淡人。

王淡人一看，这是个有名有姓的外症：搭背。说：“你不用走了！”

王淡人把汪炳留在家里住，管吃、管喝，还管他抽鸦片——他把王淡人留着配药的一块云土抽去了一半。王淡人祖上传下来的麝香、冰片也为他用去了三分之一。一个多月以后，汪炳的搭背收口生肌，好了。

有人问王淡人：“你干吗为他治病？”王淡人倒对这话有点不解，说：“我不给他治，他会死的呀。”

汪炳没有一个钱。白吃，白喝，白治病。病好后，他只能写了很多鸣谢的帖子，贴在满城的街上，为王淡人传名。帖子上的言词倒真是淋漓尽致，充满感情。

王淡人的老婆是很贤惠的，对王淡人所做的事没有说过一个不字。但是她忍不住要问问淡人：“你给汪炳用掉的麝香、冰片，值多少钱？”王淡人笑一笑，说：“没有多少钱。——我还有。”他老婆也只好笑一笑，摇摇头。

王淡人就是这样，给人看病，看“男女内外大小方脉”，做傻事，每天钓鱼。一庭春雨，满架秋风。

你好，王淡人先生！

一九八一年八月十九日

载一九八一年第十期《雨花》

卖眼镜的宝应人

他是个卖眼镜的，宝应人，姓王。大家不知道怎么称呼他才合适。叫他“王先生”高抬了他，虽然他一年四季总是穿着长衫，而且整齐干净（他认为生意人必要“擦干掸净”，才显得有精神，得人缘，特别是脚下的一双鞋，千万不能邋遢：“脚底无鞋穷半截”）。叫他老王，又似有点小瞧了他。不知是哪一位开了头，叫他“王宝应”。于是就叫开了。背后，当面都这么叫。以至王宝应也觉得自己本来就叫王宝应。

他是个跑江湖做生意的，不老在一个地方。“行商坐贾”，他算是“行商”。他所走的是运河沿线的一些地方，南自仪征、仙女庙、邵伯、高邮，他的家乡宝应，淮安，北至清江浦。有时也岔到兴化、泰州、东台。每年在高邮停留的时间较长，因为人熟，生意好做。

卖眼镜的撑不起一个铺面，也没有摆摊的，他走着卖——卖眼镜也没有吆喝的。他左手半捧半托着一个木头匣子，匣子一底一盖，后面有合页连着。匣子平常总是揭开的。匣盖子里面用尖麻钉卡着二三十副眼镜：平光镜、近视镜、老花镜、养目镜。这么个小本买卖没有什么验目配光的设备，有人买，挑几副试试，能看清楚报上的字就行。匣底是一些杂七杂八的东西，可以说是小古董：玛瑙烟袋嘴、“帽正”的方块小玉、水钻耳环、发蓝点翠银簪子、风藤镯，甚至有装鸦片烟膏的小银盒……这些东西不知他是从什么地方寻摸来的。

他寄住在大淖一家人家。一清早，就托着他的眼镜匣奔南门外琵琶闸，在小轮船开船前，在“烟篷”“统舱”里转一圈。稍后，几家茶馆，五柳园、小蓬莱、新大陆都上了客，他就到茶馆里转一圈。哪里人多，热闹，都可以看到他的踪迹：王四海耍“大把戏”的场子外面、唱“大戏”的庙台子下面、放戒的善因寺山门旁边，甚至枪毙人（当地叫做“铳人”）的刑场附近，他都去。他说他每天走的路不下三四十里。“人为财死，鸟为食亡，天生的劳碌命！”

王宝应也不能从早走到晚，他得有几个熟识的店铺歇歇脚：李馥馨茶叶店、大吉陞油面（茶食）店、同康泰布店、王万丰酱园……最后，日落黄昏，到保全堂药店。他到这些店铺，和“头柜”“二柜”“相公”（学生意的）都点点头，就自己找一个茶碗，从“茶壶焐子”里倒一杯大叶苦茶，在店堂找一张椅子坐下。有时他也在店堂里用饭：两个插酥芝麻烧饼。

他把木匣放在店堂方桌上，有生意做生意，没有生意时和店里的“同事”、无事的闲人谈天说地，道古论今。他久闯江湖，见多识广，大家也愿意听他“白话”。听他白话的人大都半信半疑，以为是道听途说——他书读得不多，路走得不少，可不只能是“道听途说”么？

他说沭阳陈生泰（这是苏北人都知道的一个特大财主）家有一座羊脂玉观音。这座观音一尺多高，“通体无瑕”。难得的是龙女的一抹红嘴唇、善财童子的红肚兜，都是天生的。——当初“相”这块玉的师傅怎么就能透过玉胚子看出这两块红，“碾”得又那么准？这是千载难逢，是块宝。有一个大盗，想盗这座观音，在陈生泰家瓦垅里伏了三个月。可是每天夜里只见下面一夜都是灯笼火把，人来人往，不敢下手。灯笼火把，人来人往，其实并没有，这是神灵呵护。凡宝物，必有神护，没福的，取不到手。

他说“十八鹤来堂夏家”有一朵云。云在一块水晶里。平常看不见。一到天阴下雨，云就生出来，盘旋袅绕。天晴了，云又渐渐消失。“十八鹤来堂”据说是堂建成时有十八只白鹤飞来，这也许是可能的。鹤来堂有没有一朵云，就很难说了。但是高邮人非常愿意夏家有一朵云——这多美呀，没有人说王宝应是瞎说。

他说从前泰山庙正殿的屋顶上，冬天，不管下多大的雪，不积雪。什么缘故？原来正殿下面有一个很大的獾子洞，跟正殿的屋顶一样大。獾子用自己的毛擀成一块大毯子——“獾毯”。“獾毯”热气上升，雪不到屋顶就化了。有人问这块“獾毯”后来到哪里了，王宝应说：被一个“江西憋宝回子”盗走了——现在下大雪的时候泰山庙正殿上照样积雪。

除了这些稀世之宝，王宝应最爱白话的是各地的吃食。

他说淮安南阁楼陈聋子的麻油馓子风一吹能飘起来。

他说中国各地都有烧饼，各有特色，大小、形状、味道，各不相同。如皋的黄桥烧饼、常州的麻糕、镇江的蟹壳黄，味道都很好。但是他宁可吃高邮的“火镰子”，实惠！两个，就饱了。

他说东台冯六吉——大名士，在年羹尧家当西宾——坐馆。每天的饭菜倒也平常，只是做得讲究。每天必有一碗豆腐脑。冯六吉岁数大了，辞馆回乡。他想吃豆腐脑。家里人想：这还不容易！到街上买了一碗。冯六吉尝了一勺，说：“不对！不是这个味道！”街上买来的豆腐脑怎么能跟年羹尧家的比呢？年羹尧家的豆腐脑是鲫鱼脑做的！

他的白话都只是“噱子”，目的是招人，好推销他的货。他把他卖的东西吹得神乎其神。

他说他卖的风藤镯是广西十万大山出的，专治多年风湿，筋骨酸疼。

他说他卖的养目镜是真正茶晶，有“棉”，不是玻璃的。真茶晶有“棉”，假的没有。戴了这副眼镜，会觉得窨凉窨凉。赤红火眼，三天可愈。

他不知从哪里收到一把清朝大帽的红缨，说是猩猩血染的，五劳七伤，咯血见红，剪两根煎水，热黄酒服下，可以立止。

有一次他拿来一个浅黄色的烟嘴，说是蜜蜡的。他要了一张白纸，剪成米粒大一小块一小块，把烟嘴在袖口上磨几下，往纸屑上一放，纸屑就被吸起来了。“看！不是蜜蜡，能吸得起来么？”

蜜蜡烟嘴被保全堂的二老板买下了。二老板要买，王宝应没敢多要钱。

二老板每次到保全堂来，就在账桌后面一坐，取出蜜蜡烟嘴，用纸捻通得干干净净，觑着眼看看烟嘴小孔，掏出白绸手绢把烟嘴全身上下仔仔细细擦了个遍，然后，掏出一支大前门，插进烟嘴，点了火，深深抽了几口，悠然自得。

王宝应看看二老板抽烟抽得那样出神入化，也很陶醉："蜜蜡烟嘴抽烟，就是另一个味儿：香，醇，绵软！"

二老板不置可否。

王宝应拿来三个翡翠表拴。那年头还兴戴怀表。讲究的是银链子、翡翠表拴。表拴别在钮扣孔里。他把表拴取出来，让在保全堂店堂里聊天的闲人赏眼："看看，多地道的东西，翠色碧绿，地子透明，这是'水碧'。我费了好大的劲才弄到。不贵，两块钱就卖——一根。"

十几个脑袋向翡翠表拴围过来。

一个外号"大高眼"的玩家掏出放大镜，把三个表拴挨个看了，说："东西是好东西！"

开陆陈行的潘小开说："就是太贵，便宜一点，我要。"

"贵？好说！"

经过讨价还价，一块八一根成交。

“您是只要一个，还是三个都要？”

“都要！——送人。”

“我给您包上。”

王宝应抽出一张棉纸，要包上表拴。

“先莫忙包，我再看看。”

潘小开拈起一个表拴：

“靠得住？”

“靠得住！”

“不会假？”

“假？您是怕不是玉的，是人造的，松香、赛璐珞、‘化学’的？笑话！我王宝应在高邮做生意不是一天了，什么时候卖过假货？是真是假，一试便知。玉不怕火，‘化学’的见火就着。当面试给你看！”

王宝应左手两个指头捏住一个表拴，右手划了一根火柴，火苗一近表拴——

呼，着了。

一九九三年十月二十六日

载一九九四年第二期《中国作家》

小孃孃

来蜨园谢家是邑中书香门第，诗礼名家，几代都中过进士。谢家好治园林。乾嘉之世，是谢家鼎盛时期，盖了一座很大的园子。流觞曲水，太湖石假山，冰花小径两边的书带草，至今犹在。当花园落成时正值百花盛开，飞来很多蝴蝶，成群成阵，蔚为奇观，即名之为来蜨园。一时题咏甚多，大都离不开庄周，这也是很自然的。园中花木，后来海棠丁香，都已枯死，只有几棵很大的桂花，还很健壮，每到八月，香闻园外。原来有几个花匠，都已相继离散，只有一个老花匠一直还留了下来。他是个聋子，姓陈，大家都叫他陈聋子。他白天睡觉，夜晚守更。每天日落，他各处巡视一回（来蜨园任人游览，但除非与主人商量，不能留宿夜饮），把园门锁上，偌大一个园子便都交给清风明月，听不到一点声音。

谢家人丁不旺，几代单传，又都短寿。谢普天是唯一可以继承香火的胤孙。他还有个姑妈谢淑媛，是嫡亲的，比谢普天小三岁。这地方叫姑妈为“孃孃”，谢普天叫谢淑媛为“孃孃”或“小孃”。小孃长得很漂亮。

谢普天相貌英俊，也很聪明。他热爱艺术，曾在上海美专学过画——国画和油画，素描功底扎实，也学过雕塑。不到毕业，就停学回乡，在中学教美术课。因为谢家接连办了好几次丧事，内囊已空，只剩下一个空大架子，他得维持这个空有流觞曲沼、湖石假山的有名的“谢家花园”（本地人只称“来蜨园”为“谢家花园”，很多人也不认识“蜨”字），供应三个人吃饭，包括陈聋子。陈聋子恋旧，不计较工钱，但饭总得让人家吃饱。停学回乡，这在谢普天是一种牺牲。

谢普天和谢淑媛都住在“祖堂屋”。“祖堂屋”是一座很大的五间大厅，正面大案上列供谢家祖先的牌位，别无陈设，显得空荡荡的。谢普天、谢淑媛各住一间卧室，房门对房门。谢普天对小孃照顾得很体贴细致。谢家生计，虽然拮据，但谢普天不让小孃受委屈，在衣着穿戴上不使小孃在同学面前显得寒碜。夏天，香云纱旗袍；冬天，软缎面丝绵袄、西装呢裤、白羊绒围巾。那几年兴一种叫做“童花头”的发式（前面留出长刘海，两边遮住耳朵，后面削薄修平，因为样子像儿童，故名“童花头”），都是谢普天给她修剪，比理发店修剪得还要“登样”。谢普天是学美术的，手很巧，剪个“童花头”还在话下吗？谢淑媛皮肤细嫩，每年都要长冻疮。谢普天给小孃用双氧水轻轻地浸润了冻疮痂巴，轻轻地脱下袜子，轻轻地用双氧水给她擦洗，拭净。“疼吗？”——“不疼。你的手真轻！”

单靠中学的薪水不够用，谢普天想出另一种生财之道——画炭精粉肖像。一个铜制高脚放大镜，镜面有经纬刻度，放在照片上；一张整张的重磅画纸上也用长米达尺绘出经纬度，用铅笔描出轮廓，然后用剪齐胶固的羊毫笔蘸了炭精粉，对照原照，反复擦蹭。谢普天解嘲自笑：“这是艺术么？”但是有的人家喜欢这样的炭精粉画的肖像，因为“很像”！本地有几个画这样肖像的“画家”，而以谢普天生意最好，因为同是炭精像，谢普天能画出眼神、脸上的肌肉和衣服的质感，那年头时兴银灰色的“宁缎”，叫做“慕本缎”。

为了赶期交“货”，谢普天每天工作到很晚，在煤油灯下聚精会神地一笔一笔擦蹭。小孃坐在旁边做针线，或看小说——无非是《红楼梦》《花月痕》、苏曼殊的《断鸿零雁记》之类的言情小说。到十二点，小孃才回房睡觉，临走说一声：“别太晚了！”

一天夜里大雷雨，疾风暴雨，声震屋瓦。小孃神色慌张，推开普天的房门：

“我怕！”

“怕？——那你在我这儿呆会。”

“我不回去。”

“……”

“你跟我睡！”

“那使不得！”

“使得！使得！”

谢淑媛已经脱了衣裳，噗的一声把灯吹熄了。

雨还在下。一个一个蓝色的闪把屋里照亮，一切都照得很清楚。炸雷不断，好像要把天和地劈碎。

他们陷入无法解决的矛盾之中。他们在做爱时觉得很快乐，但是忽然又觉得很痛苦。他们很轻松，又很沉重。他们无法摆脱犯罪感。谢淑媛从小娇惯，做什么都很任性，她不像谢普天整天心烦意乱。她在无法排解时就说："活该！"但有时又想：死了算了！

每年清明节谢家要上坟。谢家的祖茔在东乡，来蝶园在城西，从谢家花园到祖坟，要经过一条东大街。谢淑媛是很喜欢上坟的。街上店铺很多，可以东张西望。小风吹着，全身舒服。从去年起，她不愿走东大街了。她叫陈聋子挑了放祭品的圆笼自己从东大街先走，她和普天从来蝶园后门出来，绕过大淖、泰山庙，再走河岸上向东。她不愿走东大街，因为走东大街要经过居家灯笼店。

居家姊妹三个，都是疯子。大姐好一点，有点像个正常人，她照料灯笼店，照料一家人吃饭——一日三餐，两粥一饭。糙米饭、青菜汤。疯得最厉害的是兄弟。他什么也不做，一早起来就唱，坐在柜台里，穿了靛蓝染的大襟短褂。不知道他唱的是什么，只听到沙哑沉闷的声音（本地叫这种很不悦耳的声音为"呆声绕气"）。他哪有这么多唱的，一天唱到晚！妹妹总坐在柜台的一头糊灯笼，脸上带着一种奇怪的微笑。姐妹二人都和兄弟通奸。疯兄弟每天轮流和她们睡，不跟他睡他就闹。居家灯笼店的事情街上人都知道，谢淑媛也知道。她觉得"硌应"。

隔墙有耳，谢家的事外间渐有传闻。街谈巷议，觉得岂有此理。有一天大早，谢普天在来蝶园后门不显眼处发现一张没头帖子：管什么大姑妈小姑妈，你只管花恋蝶蝶恋花，满城风雨人闲话，谁怕！倒不如远走天涯，赤条条来去无牵挂，倒大来潇洒。

谢普天估计得出，这是谁写的——本县会写散曲的再没有别人，最后两句是一种善意的规劝。

他和小孃孃商量了一下：走！离开这座县城，走得远远的！他的一个上海美专的同学顾山是云南人，他写信去说，想到云南来。顾山回信说欢迎他来，昆明气候好，物价也便宜，他会给他帮助。把一块祖传的大蕉叶白端砚，一箱字画卖给了季匋民，攒了路费，他们就上路了。计划经上海、香港，从海防坐滇越铁路火车到昆明。

谢淑媛没有见过海，没有坐过海船，她很兴奋，很活泼，走上甲板，靠着船舷，说说笑笑，指指点点，显得没有一点心事，说："我这辈子值得了！"

谢普天经顾山介绍，在武成路租了一间画室。他画了不少工笔重彩的山水、人物、花卉，有人欣赏，卖出了一些，但是最受欢迎的还是炭精肖像，供不应求。昆明果然是四季如春，鸡㙡、干巴菌、牛肝菌、青头菌都非常好吃，谢淑媛高兴极了。他们游览了很多地方：石林、阳宗海、西山、金殿、黑龙潭、大理，一直到玉龙雪山。读万卷书，行万里路，谢普天的画大有进步。他画了一些裸体人像，谢淑媛给他当模特。画完了，谢淑媛仔仔细细看了，说："这是我吗？我这么好看？"谢普天抱着小孃周身吻了个遍，"不要让别人看！"——"当然！"

谢淑媛变得沉默起来，一天说不了几句话。谢普天问："你怎么啦？”——“我有啦！”谢普天先是一愣，接着说：“也好嘛。”——“还好哩！”

谢淑媛老是做噩梦。梦见母亲打她，打她的全身，打她的脸；梦见她生了一个怪胎，样子很可怕；梦见她从玉龙雪山失足掉了下来，一直掉，半天也不到地……每次都是大叫醒来。

谢淑媛的肚子一天比一天大，已经显形了。她抚摸着膨大的小腹，说：“我作的孽！我作的孽！报应！报应！”

谢淑媛死了。死于难产血崩。

谢普天把给小孃画的裸体肖像交给顾山保存，拜托他十年后找个出版社出版。顾山看了，说：“真美！”

谢普天把小孃的骨灰装在手制的瓷瓶里带回家乡，在来蜨园选一棵桂花，把骨灰埋在桂花下面的土里，埋得很深，很深。

谢普天和陈聋子（他还活着）告别，飘然而去，不知所终。

载一九九六年第四期《收获》

钓人的孩子

抗日战争时期，昆明大西门外。

米市，菜市，肉市。柴驮子，炭驮子。马粪。粗细瓷碗，砂锅铁锅。焖鸡米线，烧饵块。金钱片腿，牛干巴。炒菜的油烟，炸辣子的呛人的气味。红黄蓝白黑，酸甜苦辣咸。

每个人带着一生的历史，半个月的哀乐，在街上走。栖栖惶惶，忙忙碌碌。谁都希望意外地发一笔小财，在路上捡到一笔钱。

一张对摺着的钞票躺在人行道上。

用这张钞票可以量五升米，割三斤肉，或扯六尺细白布——够做一件汗褂，或到大西门里牛肉馆要一盘冷片、一碗汤片、一大碗饭、四两酒，美美地吃一顿。

一个人弯腰去捡钞票。

噌——钞票飞进了一家店铺的门里。

一个胖胖的孩子坐在门背后。他把钞票丢在人行道上，钞票上拴了一根黑线，线头捏在他的手里。他偷眼看着钞票，只等有人弯腰来拾，他就猛地一抽线头。

他玩着这种捉弄人的游戏，已经玩了半天。上当的已经有好几个人了。

胖孩子满脸是狡猾的笑容。

这是一个小魔鬼。

这孩子长大了，将会变成一个什么人呢？日后如果有人提起他的恶作剧，他多半会否认。——也许他真的已经忘了。

捡金子

这是一个怪人，很孤傲，跟谁也不来往，尤其是女同学。他是哲学系的研究生。他只有两个“听众”，都是中文系四年级的学生。他们每天一起坐茶馆，在茶馆里喝清茶，磕葵花子，看书，谈天，骂人。哲学研究生高谈阔论的时候多，那两位只有插话的份儿，所以是“听众”。他们都有点玩世不恭。哲学研究生的玩世不恭是真的，那两位有点是装出来的。他们说话很尖刻，动不动骂人是“卑劣的动物”。他们有一套独特的语言。他们把漂亮的女同学叫做“虎”，把谈恋爱叫做“杀虎”，把钱叫做“刀”。有刀则可以杀虎，无刀则不能。诸如此类。他们都没有杀过一次虎。

这个怪人做过一件怪事，捡金子。昆明经常有日本飞机来空袭。一有空袭就拉警报。一有警报人们就都跑到城外的山野里躲避，叫做“逃警报”。哲学研究生推论：逃警报的人一定会把值钱的东西带在身边，包括金子；有人带金子，就会有人丢掉金子；有人丢掉金子，一定会有人捡到；人会捡到金子；

我是人，故我可以捡到金子。这一套逻辑推理实在是无懈可击。于是在逃警报时他就沿路注意。他当真捡到金戒指，而且不止一次，不止一枚。

此人后来不知所终。

有人说他到了重庆，给《中央日报》写社论，骂共产党。

航空奖券

国民党的中央政府发行了一种航空救国奖券，头奖二百五十万元，月月开奖。虽然通货膨胀，钞票贬值，这二百五十万元一直还是一个相当大的数目。这就是说，在国民党统治范围的中国，每个月要凭空出现一个财主。花不多的钱，买一个很大的希望，因此人们趋之若鹜，代卖奖券的店铺的生意很兴隆。

中文系学生彭振铎高中毕业后曾教过两年小学，岁数比同班同学都大。他相貌平常，衣装朴素，为人端谨。他除了每月领助学金（当时叫做“贷金”），还在中学兼课，有一点微薄的薪水。他过得很俭省，除了买买书，买肥皂牙膏，从不乱花钱。不抽烟，不饮酒。只有他的一个表哥来的时候，他的生活才有一点变化。这位表哥往来重庆、贵阳、昆明，跑买卖。虽是做生意的人，却不忘情诗书，谈吐不俗。他来了，总是住在爱群旅社，必把彭振铎邀去，洗洗澡，吃吃馆子，然后在旅馆里长谈一夜。谈家乡往事，物价行情，也谈诗。平常，彭振铎总是吃食堂，吃有耗子屎的发霉的红米饭，吃炒芸豆，还有一种叫做魔芋豆腐的紫灰色的烂糊糊的东西。他读书很用功，但是没有一个教授特别赏识他，没有人把他当作才子来看。然而他在内心深处却是一个诗人，一个忠实的浪漫主义者。在中国诗人里他喜欢李商隐，外国诗人里喜欢雪莱，现代作家里喜欢何其芳。他把《预言》和《画梦录》读得几乎能背下来。他自己也不断地写一些格律严谨的诗和满纸烟云的散文。定稿后抄在一个黑漆布面的厚练习本里，抄得很工整。这些作品，偶尔也拿出来给人看，但只限于少数他所钦服而嘴又不太损的同学。同班同学中有一个写小说的，他就请他看过。这位小说家认真地看了一遍，说："很像何其芳。"

然而这位浪漫主义诗人却干了一件不大有诗意的事：他按月购买一条航空奖券。

他买航空奖券不是为了自己。

系里有个女同学名叫柳曦，长得很漂亮。然而天然不俗，落落大方，不像那些漂亮的或自以为漂亮的女同学整天浓妆艳抹，有明星气、少奶奶气或教会气。她并不怎样着意打扮，总是一件蓝阴丹士林旗袍——天凉了则加一件玫瑰红的毛衣。她走起路来微微偏着一点脑袋，两只脚几乎走在一条线上，有一种说不出来的风致，真是一株风前柳，不枉了小名儿唤做柳曦。彭振铎和她一同上创作课。她写的散文也极清秀，文如其人，彭振铎自愧弗如。

尤其使彭振铎动心的是她有一段不幸的身世。有一个男的时常来找她。这个男的比柳曦要大五六岁，有时穿一件藏青哔叽的中山装，有时穿一套咖啡色西服。这是柳曦的未婚夫，在资源委员会当科长。柳曦的婚姻是勉强的。她的父亲早故，家境贫寒。这个男人看上了柳曦，拿钱供柳曦读了中学，又读了大学，还负担她的母亲和弟妹的生活。柳曦在高中一年级就跟他订婚了。她实际上是卖给了这个男人。怪不道彭振铎觉得柳曦的眉头总有点蹙着（虽然这更增加了她的美的深度），而且那位未婚夫来找她，两人一同往外走她总是和他离得远远的。

这是那位写小说的同学告诉彭振铎的。小说家和柳曦是小同乡，中学同学。

彭振铎很不平了。他要搞一笔钱，让柳曦把那个男人在她身上花的钱全部还清，把自己赎出来，恢复自由。于是他就按月购买航空奖券。他老是梦想他中了头奖，把二百五十万元连同那一册诗文一起捧给柳曦。这些诗文都是写给柳曦的。柳曦感动了，流了眼泪。投在他的怀里。

彭振铎的表哥又来了。彭振铎去看表哥，顺便买了一条航空奖券。到爱群旅社，适逢表哥因事外出，留字请他少候。彭振铎躺在床上看书。房门开着。

彭振铎看见两个人从门外走过，是柳曦和她的未婚夫！他们走进隔壁的房间。不大一会儿，就听见柳曦的放浪的笑声。

彭振铎如遭电殛。

他觉得心里很不是滋味。

而且他渐渐觉得柳曦的不幸的身世、勉强的婚姻，都是那个写小说的同学编出来的。这个玩笑开得可太大了！

他怎么坐得住呢？只有走。

他回到宿舍，把那一册诗文翻出来看看。他并没有把它们烧掉。这些诗文虽然几乎篇篇都有柳，柳风、柳影、柳絮、杨花、浮萍……但并未点出柳曦的名字。留着，将来有机会献给另外一个人，也还是可以的。

航空奖券，他还是按月买，因为已经成了习惯。

一九八二年二月二日

载一九八二年第四期《海燕》

金冬心

召应博学鸿词杭郡金农字寿门别号冬心先生、稽留山民、龙梭仙客、苏伐罗吉苏伐罗，早上起来觉得很无聊。

他刚从杭州扫墓回来。给祖坟加了加土，吩咐族侄把聚族而居的老宅子修理修理，花了一笔钱。杭州官员馈赠的程仪殊不丰厚，倒是送了不少花雕和莼菜，坛坛罐罐，装了半船。装莼菜的磁罐子里多一半是西湖水。我能够老是饮花雕酒喝莼菜汤过日脚么？开玩笑！

他是昨天日落酉时回扬州的。刚一进门，洗了脸，给他装裱字画、收拾图书的陈聋子就告诉他：袁子才把十张灯退回来了。是托李馥馨茶叶庄的船带回来的。附有一封信。另外还有十套《随园诗话》。金冬心当时哼了一声。

去年秋后，来求冬心先生写字画画的不多，他又买了两块大砚台，一块红丝碧端，一块蕉叶白，手头就有些紧。进了腊月，他忽然想起一个主意：叫陈聋子用乌木做了十张方灯的架子，四面由他自己书画。自以为这主意很别致。他知道他的字画在扬州实在不大卖得动了——太多了，几乎家家都有。过了正月初六，就叫陈聋子搭了李馥馨的船到南京找袁子才，托他代卖。凭子才的面子，他在南京的交往，估计不难推销出去。

他希望一张卖五十两。少说，也能卖二十两。不说别的，单是乌木灯架，也值个三两二两的。那么，不无小补。

袁子才在小仓山房接见了陈聋子，很殷勤地询问了冬心先生的起居，最近又有什么轰动一时的诗文，说："灯是好灯！诗、书、画，可称三绝。先放在我这里吧。"

金冬心原以为过了元宵，袁子才就会兑了银子来。不想过了清明，还没有消息。

现在，退回来了！

袁枚的信写得很有风致："……金陵人只解吃鸭肫，光天白日，尚无目识字画，安能于灯光烛影中别其媸妍耶？……"

这个老奸巨猾！不帮我卖灯，倒给我弄来十部《诗话》，让我替他向扬州的鹾贾打秋风！——俗！

晚上吃了一碗鸡丝面，早早就睡了。

今天一起来，很无聊。

喝了几杯苏州新到的碧螺春，念了两遍《金刚经》，趿着鞋，到小花圃里看了看。宝珠山茶开得正好，含笑也都有了骨朵了。然而提不起多大兴致。他惦记着那十盆兰花。他去杭州之前，瞿家花园新从福建运到十盆素心兰。那样大的一盆，每盆不愁有百十个箭子！索价五两一盆，不贵！要是袁子才替他把灯卖出去，这十盆建兰就会摆在他的小花圃苇棚下的石条上。这样的兰花，除了冬心先生，谁配？然而……

他踱回书斋里，把袁枚的信摊开又看了一遍，觉得袁枚的字很讨厌，而且从字里行间嚼出一点挖苦的意味。他想起陈聋子描绘的随园：有几棵柳树，几块石头，有一个半干的水池子，池子边种了十来棵木芙蓉，到处是草，草里有蜈蚣……这样一个破园子，会是江宁织造的大观园么？可笑！[1]此人惯会吹牛，装模作样！他顺手把《随园诗话》打开翻了几页，到处是倚人自重，借别人的赏识，为自己吹嘘。有的诗，还算清新，然而，小聪明而已。正如此公自道："诗被人嫌只为多！"再看看标举的那些某夫人、某太夫人的诗，都不见佳。哈哈，竟然对毕秋帆也揄扬了一通！毕秋帆是什么？——商人耳！郑板桥对袁子才曾作过一句总评，说他是"斯文走狗"，不为过分！

他觉得心里痛快了一点——不过，还是无聊。

他把陈聋子叫来，问问这些天有什么函件简帖。陈聋子捧出了一叠。金冬心拆看了几封，都没有什么意思，问："还有没有？"

陈聋子把脑门子一拍，说："有！——我差一点忘了，我把它单独放在拜匣里了：程雪门有一张请帖，来了三天了！"

"程雪门？"

"对对对！请你陪客。"

"请谁？"

"铁大人。"

“哪个铁大人？”

“新放的两淮盐务道铁保珊铁大人。”

“几时？”

“今天！中饭！平山堂！”

“你多误事！——去把帖子给我拿来！——去订一顶轿子！——你真是！——快去！——哎哟！”

金冬心开始觉得今天有点意思了。

等着催请了两次，到第三次催请时，冬心先生换了衣履，坐上轿子，直奔平山堂。

程雪门是扬州一号大盐商，今天宴请新任盐务道，非比寻常！果然，等金冬心下了轿，往平山堂一看，只见扬州的名流显贵都已到齐。藩臬二司、河工漕运、当地耆绅、清客名士，济济一堂。花翎补服，辉煌耀眼；轻衣缓带，意态萧闲。程雪门已在正面榻座上陪着铁保珊说话，一眼看见金冬心来了，站起身来，铁保珊早抢步迎了出

“冬心先生！久仰！久仰得很哪！”

“岂敢岂敢！臣本布衣，幸瞻丰采！铁大人从都里来，一路风霜，辛苦了！”

“请！”

“请！请！”

铁保珊拉了金冬心入座。程雪门道了一声“得罪！”自

去应酬别的客人。大家只见铁保珊倾侧着身子和金冬心谈得十分投机，金冬心不时点头拊掌，不知他们谈些什么，不免悄悄议论。

“雪门今天请金冬心来陪铁保珊，好大的面子！”

“听说是铁保珊指名要见的。”

“金冬心这时候才来，架子搭得不小！”

“看来他的字画行情要涨！”

少顷宴齐，更衣入席。平山堂中，雁翅般摆开了五桌。正中一桌，首座自然是铁保珊。次座是金冬心。金冬心再三谦让，铁保珊一把把他按得坐下，说：“你再谦，大家就不好坐了！”金冬心只得从命。程雪门在这桌的主座上陪着。

今天的酒席很清淡。铁大人接连吃了几天满汉全席，实在是没有胃口，接到请帖，说：“请我，我到！可是我只想喝一碗晚米稀粥，就一碟香油拌疙瘩丝！”程雪门说一定照办。按扬州请客的规矩，菜单曾请铁保珊过了目。凉碟是金华竹叶腿、宁波瓦楞明蚶、黑龙江熏鹿脯、四川叙府糟蛋、兴化醉蛏鼻、东台醉泥螺、阳澄湖醉蟹、糟鹌鹑、糟鸭舌、高邮双黄鸭蛋、界首茶干拌荠菜、凉拌枸杞头……热菜也只是蟹白烧乌青菜、鸭肝泥酿怀山药、鲫鱼脑烩豆腐、烩青腿子口蘑、烧鹅掌。甲鱼只用裙边。鲟花鱼不用整条的，只取两块嘴后腮边眼下蒜瓣肉。砗螯只取两块瑶柱。炒芙蓉鸡片塞牙，用大兴安岭活捕来的飞龙剁泥、鸽蛋清。烧烤不用乳猪，用果子狸。头菜不用翅唇参燕，清炖杨妃乳——新从江阴运到的河鲀鱼。铁大人听说有河鲀，说："那得有炒蒌蒿呀！——'竹外桃花三两枝，春江水暖鸭先知，蒌蒿满地芦芽短，正是河鲀欲上时'，有蒌蒿，那才配称。"——"有有有！"随饭的炒菜也极素净：素炒蒌蒿苔、素炒金花菜、素炒豌豆苗、素炒紫芽姜、素炒马兰头、素炒凤尾——只有三片叶子的嫩莴苣尖、素烧黄芽白……铁大人听了菜单（他没有看）说是"这样好，'咬得菜根，则百事可做'"。他请金冬心过目，冬心先生说："'一箪食，一瓢饮'，农一介寒士，无可无不可的。"

金冬心尝了尝这一桌非时非地清淡而名贵的菜肴，又想起袁子才，想起他的《随园食单》，觉得他把几味家常鱼肉说得天花乱坠，真是寒乞相，嘴角不禁浮起一丝冷笑。

酒过三巡，铁保珊提出寡饮无趣，要行一个酒令。他提出的这个酒令叫做"飞红令"，各人说一句或两句古人诗词，要有"飞、红"二字，或明嵌，或暗藏，都可以。这令不算苛。他自己先说了两句："花谢花飞飞满天，红消香断有谁怜？"有人不识出处。旁边的人提醒他："《红楼梦》！"这时正是《红楼梦》大行的时候，"开谈不说《红楼梦》，纵读诗书也枉然"，不知出处的怕露怯，连忙说："哦，《红楼梦》！《红楼梦》！"下面也有说"一片花飞减却春"的，也有说"桃花乱落如红雨"的。有的说不上来，甘愿罚酒。也有的明明说得出，为了谦抑，故意说："我诗词上有限，认罚认罚！"借以凑趣的。临了，到了程雪门。程雪门说了一句：

“柳絮飞来片片红”。

大家先是愕然，接着就哗然了：

“柳絮飞来片片红，柳絮如何是红的？”

“无是理！无是理！”

“杜撰！杜撰无疑！”

“罚酒！罚酒！”

“满上！满上！喝了！喝了！”

程雪门也不知道自己怎么会诌出这样一句不通的诗来，正在满脸紫涨，无地自容，忽听得金冬心放下杯箸，从容言道：

“诸位莫吵。雪翁此诗有出处。这是元人咏平山堂的诗，用于今日，正好对景。”他站起身来，朗吟出全诗：

廿四桥边廿四风，

凭栏犹忆旧江东。

夕阳返照桃花渡，

柳絮飞来片片红。

大家一听，全都击掌：

“好诗！”

“好一个‘柳絮飞来片片红’！妙！妙极了！”

“如此尖新，却又合情合理，这定是元人之诗，非唐非宋！”

“到底是冬心先生！元朝人的诗，我们知道得太少，惭愧惭愧！”

“想不到程雪翁如此博学！佩服！佩服！”

程雪门哈哈大笑，连说：“过奖，过奖！——菜凉了，河鲀要趁热！”

于是大家的筷子一齐奔向杨妃乳。

铁保珊拈须沉吟：这是元朝人的诗么？

金冬心真是捷才！出口成章，不动声色。快，而且，好！有意境……

第二天，一清早，程雪门派人给金冬心送来一千两银子。金冬心叫陈聋子告诉瞿家花园，把十盆建兰立刻送来。

陈聋子刚要走，金冬心叫住他：

“不忙。先把这十张灯收到厢房里去。”

陈聋子提起两张灯，金冬心又叫住他：

“把这个——搬走！”

他指的是堆在地下的《随园诗话》。

陈聋子抱起《诗话》，走出书斋，听见冬心先生骂道：

“斯文走狗！”

陈聋子心想：他这是骂谁呢？

一九八三年十月二十五日

载一九八四年第二期《现代作家》

① 袁枚曾说大观园就是他的随园。

辑二 黄油烙饼

萧胜一边流着一串一串的眼泪，一边吃黄油烙饼。他的眼泪流进了嘴里。黄油烙饼是甜的，眼泪是咸的。

黄油烙饼

萧胜跟着爸爸到口外去。

萧胜满七岁，进八岁了。他这些年一直跟着奶奶过。他爸的工作一直不固定。一会儿修水库啦，一会儿大炼钢铁啦。他妈也是调来调去。奶奶一个人在家乡，说是冷清得很。他三岁那年，就被送回老家来了。他在家乡吃了好些萝卜白菜，小米面饼子，玉米面饼子，长高了。

奶奶不怎么管他。奶奶有事。她老是找出一些零碎料子给他接衣裳，接褂子，接裤子，接棉袄，接棉裤。他的衣服都是接成一道一道的，一道青，一道蓝。倒是挺干净的。奶奶还给他做鞋。自己打袼褙，剪样子，纳底子，自己绱。奶奶老是说："你的脚上有牙，有嘴？""你的脚是铁打的？"再就是给他做吃的。小米面饼子，玉米面饼子，萝卜白菜——炒鸡蛋，熬小鱼。他整天在外面玩。奶奶把饭做得了，就在门口嚷："胜儿！回来吃饭咧！——"

后来办了食堂。奶奶把家里的两口锅交上去，从食堂里打饭回来吃。真不赖！白面馒头，大烙饼，卤虾酱炒豆腐，焖茄子，猪头肉！食堂的大师傅穿着白衣服，戴着白帽子，在蒸笼的白蒙蒙的热气中晃来晃去，拿铲子敲着锅边，还大声嚷叫。人也胖了，猪也肥了。真不赖！

后来就不行了。还是小米面饼子，玉米面饼子。

后来小米面饼子里有糠，玉米面饼子里有玉米核磨出的碴子，拉嗓子。人也瘦了，猪也瘦了。往年，撵个猪可费劲哪。今年，一伸手就把猪后腿攥住了。挺大一个克郎，一挤它，咕咚就倒了。掺假的饼子不好吃，可是萧胜还是吃得挺香。他饿。

奶奶吃得不香。她从食堂打回饭来，掰半块饼子，嚼半天。其余的，都归了萧胜。

奶奶的身体原来就不好。她有个气喘的病。每年冬天都犯。白天还好，晚上难熬。萧胜躺在炕上，听奶奶喝喽喝喽地喘。睡醒了，还听她喝喽喝喽。他想，奶奶喝喽了一夜。可是奶奶还是喝喽着起来了，喝喽着给他到食堂去打早饭，打掺了假的小米饼子，玉米饼子。

爸爸去年冬天回来看过奶奶。他每年回来，都是冬天。爸爸带回来半麻袋土豆，一串口蘑，还有两瓶黄油。爸爸说，土豆是他分的；口蘑是他自己采，自己晾的；黄油是"走后门"搞来的。爸爸说，黄油是牛奶炼的，很"营养"，叫奶奶抹饼子吃。土豆，奶奶借锅来蒸了，煮了，放在灶火里烤了，给萧胜吃了。口蘑过年时打了一次卤。黄油，奶奶叫爸爸拿回去："你们吃吧。这么贵重的东西！"爸爸一定要给奶奶留下。奶奶把黄油留下了，可是一直没有吃。奶奶把两瓶黄油放在躺柜上，时不时地拿抹布擦擦。黄油是个啥东西？牛奶炼的？隔着玻璃，看得见它的颜色是嫩黄嫩黄的。去年小三家生了小四，他看见小三他妈给小四用松花粉扑痱子。黄油的颜色就像松花粉。油汪汪的，很好看。奶奶说，这是能吃的。萧胜不想吃。他没有吃过，不馋。

奶奶的身体越来越不好。她从前从食堂打回饼子，能一气走到家。现在不行了，走到歪脖柳树那儿就得歇一会。奶奶跟上了年纪的爷爷、奶奶们说：“只怕是过得了冬，过不得春呀。”萧胜知道这不是好话。这是一句骂牲口的话。“嗳！看你这乏样儿！过得了冬过不得春！”果然，春天不好过。村里的老头老太太接二连三地死了。镇上有个木业生产合作社，原来打家具、修犁耙，都停了，改了打棺材。村外添了好些新坟，好些白幡。奶奶不行了，她浑身都肿。用手指按一按，老大一个坑，半天不起来。她求人写信叫儿子回来。

爸爸赶回来，奶奶已经咽了气了。

爸爸求木业社把奶奶屋里的躺柜改成一口棺材，把奶奶埋了。晚上，坐在奶奶的炕上流了一夜眼泪。

萧胜一生第一次经验什么是“死”。他知道“死”就是“没有”了。他没有奶奶了。他躺在枕头上，枕头上还有奶奶的头发的气味。他哭了。

奶奶给他做了两双鞋。做得了，说：“来试试！”——“等会儿！”吱溜，他跑了。萧胜醒来，光着脚把两双鞋都试了试。一双正合脚，一双大一些。他的赤脚接触了搪底布，感觉到奶奶纳的底线，他叫了一声“奶奶！”又哭了一气。

爸爸拜望了村里的长辈，把家里的东西收拾收拾，把一些能应用的锅碗瓢盆都装在一个大网篮里。把奶奶给萧胜做的两双鞋也装在网篮里。把两瓶动都没有动过的黄油也装在网篮里。锁了门，就带着萧胜上路了。

萧胜跟爸爸不熟。他跟奶奶过惯了。他起先不说话。他想家，想奶奶，想那棵歪脖柳树，想小三家的一对大白鹅，想蜻蜓，想蝈蝈，想挂大扁飞起来格格地响，露出绿色硬翅膀底下的桃红色的翅膜……后来跟爸爸熟了。他是爸爸呀！他们坐了汽车，坐火车，后来又坐汽车。爸爸很好。爸爸老是引他说话，告诉他许多口外的事。他的话越来越多，问这问那。他对“口外”产生了很浓厚的兴趣。

他问爸爸啥叫“口外”。爸爸说“口外”就是张家口以外，又叫“坝上”。“为啥叫坝上？”他以为“坝”是一个水坝。爸爸说到了就知道了。

敢情“坝”是一溜大山。山顶齐齐的，倒像个坝。可是真大！汽车一个劲地往上爬。汽车爬得很累，好像气都喘不过来，不停地哼哼。上了大山，嘿，一片大平地！真是平呀！又平又大。像是擀过的一样。怎么可以这样平呢！汽车一上坝，就撒开欢了。它不哼哼了，“刷——”一直往前开。一上了坝，气候忽然变了。坝下是夏天，一上坝就像秋天。忽然，就凉了。坝上坝下，刀切的一样。真平呀！远远有几个小山包，圆圆的。一棵树也没有。他的家乡有很多树。榆树，柳树，槐树。这是个什么地方！不长一棵树！就是一大片大平地，碧绿的，长满了草。

有地。这地块真大。从这个小山包一匹布似的一直扯到了那个小山包。爸爸告诉他：有一个农民牵了一头母牛去犁地，犁了一趟，回来时候母牛带回来一个新下的小牛犊，已经三岁了！

汽车到了一个叫沽源的县城，这是他们的最后一站。一辆牛车来接他们。这车的样子真可笑，车轱辘是两个木头饼子，还不怎么圆，骨鲁鲁，骨鲁鲁，往前滚。他仰面躺在牛车上，上面是一个很大的蓝天。牛车真慢，还没有他走得快。他有时下来掐两朵野花，走一截，又爬上车。

这地方的庄稼跟口里也不一样。没有高粱，也没有老玉米，种莜麦，胡麻。莜麦干净得很，好像用水洗过，梳过。胡麻打着把小蓝伞，秀秀气气，不像是庄稼，倒像是种着看的花。

喝，这一大片马兰！马兰他们家乡也有，可没有这里的高大。长得齐大人的腰那么高，开着巴掌大的蓝蝴蝶一样的花。一眼望不到边。这一大片马兰！他这辈子也忘不了。他像是在一个梦里。

牛车走着走着。爸爸说：到了！他坐起来一看，一大片马铃薯，都开着花，粉的、浅紫蓝的、白的，一眼望不到边，像是下了一场大雪。花雪随风摇摆着，他有点晕。不远有一排房子，土墙、玻璃窗。这就是爸爸工作的“马铃薯研究站”。土豆——山药蛋——马铃薯。马铃薯是学名，爸说的。

从房子里跑出来一个人。“妈妈——！”他一眼就认出来了！妈妈跑上来，把他一把抱了起来。

萧胜就要住在这里了，跟他的爸爸、妈妈住在一起了。

奶奶要是一起来，多好。

萧胜的爸爸是学农业的，这几年老是干别的。奶奶问他："为什么总是把你调来调去的？"爸说："我好欺负。"马铃薯研究站别人都不愿来，嫌远。爸愿意。妈是学画画的，前几年老画两个娃娃拉不动的大萝卜啦，上面张个帆可以当作小船的豆荚啦。她也愿意跟爸爸一起来，画"马铃薯图谱"。

妈给他们端来饭。真正的玉米面饼子，两大碗粥。妈说这粥是草籽熬的。有点像小米，比小米小，绿盈盈的挺稠，挺香。还有一大盘鲫鱼，好大。爸说别处的鲫鱼很少有过一斤的，这儿"淖"里的鲫鱼有一斤二两的，鲫鱼吃草籽，长得肥。草籽熟了，风把草籽刮到淖里，鱼就吃草籽。萧胜吃得很饱。

爸说把萧胜接来有三个原因。一是奶奶死了，老家没有人了。二是萧胜该上学了，暑假后就到不远的一个完小去报名。三是这里吃得好一些。口外地广人稀，总好办一些。这里的自留地一个人有五亩！随便刨一块地就能种点东西。爸爸和妈妈就在"研究站"旁边开了一块地，种了山药，南瓜。山药开花了，南瓜长了骨朵了。用不了多久，就能吃了。

马铃薯研究站很清静，一共没有几个人。就是爸爸、妈妈，还有几个工人。工人都有家。站里就是萧胜一家。这地方，真安静。成天听不到声音，除了风吹莜麦穗子，沙沙地像下小雨；有时有小燕吱喳地叫。

爸爸每天戴个草帽下地跟工人一起去干活，锄山药。有时查资料，看书。妈一早起来到地里掐一大把山药花，一大把叶子，回来插在瓶子里，聚精会神地对着它看，一笔一笔地画。画的花和真的花一样！萧胜每天跟妈一同下地去，回来鞋和裤脚沾得都是露水。奶奶做的两双新鞋还没有上脚，妈把鞋和两瓶黄油都锁在柜子里。

白天没有事，他就到处去玩，去瞎跑。这地方大得很，没遮没挡，跑多远，一回头还能看到研究站的那排房子，迷不了路。他到草地里去看牛、看马、看羊。

他有时也去莳弄莳弄他家的南瓜、山药地。锄一锄，从机井里打半桶水浇浇。这不是为了玩。萧胜是等着要吃它们。他们家不起火，在大队食堂打饭，食堂里的饭越来越不好。草籽粥没有了，玉米面饼子也没有了。现在吃红高粱饼子，喝甜菜叶子做的汤。再下去大概还要坏。萧胜有点饿怕了。

他学会了采蘑菇。起先是妈妈带着他采了两回，后来，他自己也会了。下了雨，太阳一晒，空气潮乎乎的，闷闷的，蘑菇就出来了。蘑菇这玩意很怪，都长在“蘑菇圈”里。你低下头，侧着眼睛一看，草地上远远的有一圈草，颜色特别深，黑绿黑绿的，隐隐约约看到几个白点，那就是蘑菇圈。滴溜圆。蘑菇就长在这一圈深颜色的草里。圈里面没有，圈外面也没有。蘑菇圈是固定的。今年长，明年还长。哪里有蘑菇圈，老乡们都知道。

有一个蘑菇圈发了疯。它不停地长蘑菇，呼呼地长，三天三夜一个劲地长，好像是有鬼，看着都怕人。附近七八家都来采，用线穿起来，挂在房檐底下。家家都挂了三四串，挺老长的三四串。老乡们说，这个圈明年就不会再长蘑菇了，它死了。萧胜也采了好些。他兴奋极了，心里直跳。“好家伙！好家伙！这么多！这么多！”他发了财了。

他为什么这样兴奋？蘑菇是可以吃的呀！

他一边用线穿蘑菇，一边流出了眼泪。他想起奶奶，他要给奶奶送两串蘑菇去。他现在知道，奶奶是饿死的。人不是一下饿死的，是慢慢地饿死的。

食堂的红高粱饼子越来越不好吃，因为掺了糠。甜菜叶子汤也越来越不好喝，因为一点油也不放了。他恨这种掺糠的红高粱饼子，恨这种不放油的甜菜叶子汤！

他还是到处去玩，去瞎跑。

大队食堂外面忽然热闹起来。起先是拉了一牛车的羊砖来。他问爸爸这是什么，爸爸说：“羊砖。”——“羊砖是啥？”——“羊粪压紧了，切成一块一块。”——“干啥用？”——“烧。”——“这能烧吗？”——“好烧着呢！火顶旺。”后来盘了个大灶。后来杀了十来只羊。萧胜站在旁边看杀羊。他还没有见过杀羊。嘿，一点血都流不到外面，完完整整就把一张羊皮剥下来了！

这是要干啥呢？

爸爸说，要开三级干部会。

“啥叫三级干部会？”

“等你长大了就知道了！”

三级干部会就是三级干部吃饭。

大队原来有两个食堂，南食堂，北食堂，当中隔一个院子，院子里还搭了个小棚，下雨天也可以两个食堂来回串。原来“社员”们分在两个食堂吃饭。开三级干部会，就都挤到北食堂来。南食堂空出来给开会干部用。

三级干部会开了三天，吃了三天饭。头一天中午，羊肉口蘑臊子蘸莜面。第二天炖肉大米饭。第三天，黄油烙饼。晚饭倒是马马虎虎的。

“社员”和“干部”同时开饭。社员在北食堂，干部在南食堂。北食堂还是红高粱饼子，甜菜叶子汤。北食堂的人闻到南食堂里飘过来的香味，就说：“羊肉口蘑臊子蘸莜面，好香好香！”“炖肉大米饭，好香好香！”“黄油烙饼，好香好香！”

萧胜每天去打饭，也闻到南食堂的香味。羊肉、米饭，他倒不稀罕；他见过，也吃过。黄油烙饼他连闻都没闻过。是香，闻着这种香味，真想吃一口。

回家，吃着红高粱饼子，他问爸爸：“他们为什么吃黄油烙饼？”

"他们开会。"

"开会干嘛吃黄油烙饼？"

"他们是干部。"

"干部为啥吃黄油烙饼？"

"哎呀！你问得太多了！吃你的红高粱饼子吧！"

正在咽着红饼子的萧胜的妈忽然站起来，把缸里的一点白面倒出来，又从柜子里取出一瓶奶奶没有动过的黄油，启开瓶盖，挖了一大块，抓了一把白糖，兑点起子，擀了两张黄油发面饼。抓了一把莜麦秸塞进灶火，烙熟了。黄油烙饼发出香味，和南食堂里的一样。妈把黄油烙饼放在萧胜面前，说：

"吃吧，儿子，别问了。"

萧胜吃了两口，真好吃。他忽然咧开嘴痛哭起来，高叫了一声："奶奶！"

妈妈的眼睛里都是泪。

爸爸说："别哭了，吃吧。"

萧胜一边流着一串一串的眼泪，一边吃黄油烙饼。他的眼泪流进了嘴里。黄油烙饼是甜的，眼泪是咸的。

载一九八〇年第二期《新观察》

复仇

复仇者不折镆干。

——庄子

一枝素烛，半罐野蜂蜜。他眼睛现在看不见蜜，蜜在罐里，罐子在桌上，他坐在榻子上。但他充满感觉，浓，稠。他嗓子里并不泛出酸味，他胃口很好。他常有好胃口，他一生没有呕吐过几次。说一生，他心里一盘算，一生该是多少呀，我这是一生了么？没有关系，这是个很普通的口头语。就像那和尚吧——和尚是常常吃蜂蜜？他的眼睛眯了眯，因为烛火跳，跳着一大堆影子。他笑了一下：蜂蜜跟和尚连在一起，他心里有了一个称呼，“蜂蜜和尚”。这也难怪，蜂蜜，和尚，后面隐了“一生”两个字。然而他摇了摇头，这不行的，和尚是甚么和尚都行，真不该是蜂蜜和尚。明天我辞行时真的叫他一声，他该怎么样？和尚倒有个称呼了，我呢？他称呼我甚么客人，若真叫，该不是“宝剑客人”吧。（他看见和尚看见他的剑！）这蜂蜜——他想起来的时候似乎听见蜜蜂叫。是的，有蜜蜂叫。而且不少。（足以浮起一个人。）残余的声音在他耳朵里。（我这是怎么回事，这和尚我真的叫他一声倒好玩，我简直成了个孩子。这真的是不相干。这在人一生中有甚么意义！而从这里我开始我今天晚上，而明天又从这里连下去。人生真是好玩得说不清。）……他忽然觉得这是秋天，从蜜蜂的声音里。从声音里如此微妙的他感到一身轻爽。这可一点没有错，普天下此刻写满一个“秋”。他想哪里开了一大片山花，和尚，和尚摘花，实在是好看。殿上钵里有花，开得好，像是从钵里升起一蓬雾，那么冉冉的。猛一下子他非常喜欢那和尚。

和尚出去了，一稽首，随便而有情，教人舒服。和尚呀，你是行了无数次礼而无损于你的自然，是自然的行了这些礼？和尚放下蜡烛，说了几句话，不外是庙里没有甚么，山高，风大气候凉，早早安息。和尚不说，他也自听见。和尚说了，他可没有听。他是看着和尚，和尚直是招他爱。他起来一下，和尚的衣袖飘了飘。这像甚么，勉强说，一只纯黑的大蝴蝶。我知道这不像，这实在甚么也不像，只是和尚，我已经记住你飘一飘袖子的样子。——这蜡烛尽是跳。

此刻他心里画不出一个和尚。他是想和尚若不把脑袋剃光，他该有一头多好的白头发。一头亮亮的白发闪了一下。和尚的头是光光的而露得出他的发的白。

白发的和尚啊，

他是想起他的白了发的母亲。

山间的夜来得快！这一下子多静。真是日入群动息。刚才他不就觉得一片异样的安定了，可是比起来这又迥然是一个样子。他走进那个村子，小蒙舍里有孩子读书，马有铃铛，桔槔敲，小路上新牛粪发散热气，白云从草垛上移过去，梳辮子的小姑娘穿银红褂子。一切描写着静的，这一会全代表一种动。他甚至想他可以作一个货郎来添一点声音的，在这一会可不能来万山间泼朗朗摇他的小鼓。

货郎的泼朗鼓摇在小石桥前，那是他的家。

这教他知道刚才他是想了他的母亲。而投在他母亲的线条里着了色的忽然又是他妹妹。他真愿意有那么一个妹妹，像他在这山村里见到的，穿银红褂子，干干净净，在门前井边打水。青石井栏，井边一架小红花。她想摘一朵，一听到母亲纺车声音，觉得该回家了，不早了。“我明天一早来摘你，你在那里，我记得。”她也可以指引人上山，说：“山上有个庙，庙里和尚好，会让你歇脚。”旅行人于是一看山，觉得还不高。小姑娘旅行人都走了。小姑娘提水，旅行人背包袱。剩下一口井。他们走了半天，井栏上余滴还丁丁东东落回井里。村边大乌柏树显得黑黑的，清清楚楚，夜开始向它合过来。磨麦子的骡子下了套，呼呼的石碾子停在一点上。所有的山村都一样。

想起他妹妹时他母亲是一头乌青的头发。摘一朵花给母亲戴该是他多愿意的事。可是他没见过母亲戴一朵花。就这朵不戴的花决定他一个命运。

“母亲呀，多少年来我叫你这一声。

我没有看见你的老。”

于是他母亲是一个年青的眉眼而戴着一头白发。多少年来这头白发在他心里亮。他真愿意有那么一个妹妹。

可是他没有妹妹，他没有！

他在两幅相似的风景里作了不同的人物。“风景不殊”，他改变风景多少？他在画里，又不在。他现在是在山上；在许多山里的一座的一个小庙里，许多庙里的一个的小小禅房里。世上山很多，庙太少。他感到一种严肃。

这些日子来，他向上，又向上；升高，降低一点，又升得更高。他爬的山太多了。山越来越高，越来越挤得紧。路，越来越细，越来越单调。坐在山顶上，他不难看到一个小小的人，向前倾侧着身体。一步一步，在苍青赭赤间的一条微微的白道上走，低头，又抬头；看一看天，又看一看路；路，画过去，画过去；云过来，他在影子里；云过去，他亮了；蒲公英的絮子沾在他衣服上，他带它们到更高的远处去；一开眼，只一只鸟横掠过视野；鸟越来越少，到后来就只有鹰；山把所有变化都留在身上，于是显得是亘古不变的。可是他不想回头。他看前面，前面甚么也没有，他将要经过那里。他想山呀，你们越来越快，我可是一劲儿那么一个速度走。可是有时候他有点发愁，及至他走进那个村子，抬头一望，他打算明天应该折回去了。这是一条线的最后一点，这些山作成一个尽头。

他阖眼了一会，他几乎睡着了，几乎做了一个梦。青苔的气味，干草的气味，风化的石头在他身下酥裂，发出声音，且发出气味。小草的叶子窸窣弹了一下，一个蚱蜢蹦出去。很远的地方飘来一只鸟毛，近了近了，为一根枸杞截住，从声音里他知道那是一根黑的。一块小卵石从山顶上滚下去，滚下去，更下去，落在山下深潭里。从极低的地方，一声牛鸣，反刍的声音（它的下巴动，淡红的舌头）升上来，为一阵风卷走。虫蛀着老楝树，一片叶子尝到苦味，它打了个寒噤。一个松球裂开了，寒气伸入鳞瓣。鱼呀，活在多高的水里，你还是不睡？再见，青苔的阴湿；再见，干草的松暖；再见，你搁在胛骨下，抵出一块酸的石头；老和尚敲着磬，现在旅行人要睡了，放松他的眉头，散开嘴边的纹，解开脸上的结，让肩头平摊，腿脚休息。

烛火甚么时候灭了，是他吹熄的？

他包在无边的夜的中心，如一枚果仁。老和尚敲着磬。

水上的梦是漂浮的，山顶的梦飞也飞不到哪里去。

他梦见他在哪里，（这可真是一个“哪里”，）在他面前是一面壁直的黑暗，他自己也变细，变细，变长变长，他垂直于那块黑暗，黑暗无穷的高，看也看不尽的高呀！他转一个方向，仍是一样；再转，一样，再转，一样，一样，一样，一样是壁直而平，黑暗。他的梦缺少一面。转，转，转，他挫了下来，像一根长线落在地上。“你稍为圆一点软一点。”于是，黑暗成了一朵莲花，他在一层一层的瓣子里，他多小呀，他找不到自己，他贴着黑的莲花的里壁周游了一次，丁，不时莲花上一颗星，淡绿如磷光，旋起旋灭，余光霭霭，归于寂无。丁，又一声。

他醒来。和尚正做晚课。蜡烛烟喷着细沫，蜜的香味如在花里时一样。

这半罐的蜜采自多少朵花！

和尚做晚课，一声一声敲他的磬。他追随，又等待，看看到底隔多久敲一次。渐渐的，和尚那里敲一声，他也敲一敲，自然应节，不紧不慢。“此时我若有磬，我也是一个和尚。”一盏即将熄灭，永不熄灭的灯，冉冉的钵里的花。香随烟，烟哪怕遇到一张薄纸就一碰散了，香却目之而透入一切。他很想去看看和尚。

和尚你想必是不寂寞？

你寂寞的意思是疲倦，客人，你也许还不疲倦？

这合了句古话：心问口，口问心。客人的手轻轻的触着他的剑。这口剑在他整天握着时他总觉得有一分生疏，他愈想免除生疏就愈觉得其不可能；而到他像是忘了它，才知道是如何之亲切。哪一天他簌的一下拔出来，好了，一切就有了交待。剑呀，不是你属于我，我其实是你的。这是甚么意思？我活了这一生就落得这一句话，多可怜的一句话。和尚你敲磬，谁也不能把你的磬声收集起来吧。于是客人枕手而眠，而他的眼睛张着。和尚，你的禅房本不是睡觉的。我算是在这里过了我的一夜。我过了各种各色的夜，我把这一夜算在里面还是外头？好了，太阳一出，就是白天，都等到有一天再说吧。到明天我要走。

太阳晒着港口，把盐味敷到坞边杨树叶片上。

海是绿的，腥的，

一只不知名大果子，有头胪大，腐烂，巴掌大黑斑上攒满苍蝇。

贝壳在沙里逐渐变成石灰。

白沫上飞旋一只鸟，仅仅一只。太阳落下去，

黄昏的光映在多少人额头上，涂了一半金。

多少人向三角洲尖上逼，又转身，散开去。生命如同：

一车子蛋，一个一个打破，倒出来，击碎了，

击碎又凝合。人看远处如烟，

自在烟里，看帆篷远去。

来了一船瓜，一船颜色和欲望。

一船是石头，比赛着棱角。也许

一船鸟，一船百合花。

深巷卖杏花。有骆驼，

骆驼的铃声在柳烟中摇。鸭子叫，一只通红的蜻蜓。

惨绿的霜上的鬼火，

一城灯。嗨客人！

客人，这只是一夜。

你的饿，你的渴，饿后的饱餐，渴中得饮，一天疲倦和疲倦的消除，各种床，各种方言，各种疾病，胜于记得，你一一把它们忘却。你知道没有失望，也没有希望，就该是甚么临到你了。你经过了哪里，将来到哪里，是的，山是高的。一个小小的人，向前倾侧着身体，一步一步，在苍青赭赤之间的一条微微的白道上走。你为自己感动不？

“我知道我并不想在这里出家！”

他为自己的声音吓了一跳。随后，像瞒着自己他想了一想佛殿。这和尚好怪，和尚是一个，蒲团是两个。蒲团，谁在你上面拜过？这和尚，总像不是一个人。他拜一拜，像有一个人随着一起拜。翻开经卷，像有人同时翻开另一卷。而他现在所住这间禅房，分明本不是和尚住的。

这间屋，他一进来就有一种从未有过的感觉。墙非常非常的白，非常非常的平，一切方而且直，严厉逼人。（即此证明并非是老和尚的。）而在方与直之中有一件东西就显得非常非常的圆。不可移动，不能更改，白的嵌着黑的，白与黑之间划得分明。那是一顶大极了大极了的笠子。笠子本来不是这颜色，发黄，转褐，加深，最后乃是黑的。顶尖是一个宝塔形铜顶子，颜色也黑了，一两处锈出绿花。这笠子如今挂在这里，让旅行人觉得不舒服。拔出剑，他出门去。

他舞他的剑。

他是舞他自己，他的爱和他的恨，最高的兴奋，最大的快乐，最汹涌的愤怒，他沉酣于他的舞弄。

把剑收住，他一惊，有人呼吸。

“是我，舞得好剑。”

是和尚，他真是一惊，和尚站得好近，我差点没杀了他。

他一身都是力量，一直到指尖，一半骄傲，一半反抗，他大声说出：

“我要走遍所有的路。”

他看看和尚，和尚的眼睛好亮，他看他眼睛有没有讥刺，和尚如果激怒他，他会杀了和尚！和尚好像并不为他的话，他的声音所撼动。半晌平平静静，清朗地说：

“很好。有人还要从没有路的地方走过去。

听，就是他。”

万山百静之中有一种声音，丁丁的，坚决的，从容的，从一个深深的地方迸出来。

我几乎忘了，这旅行人，他是个遗腹子。

他母亲怀着他时，他父亲教仇人杀了，抬回家来，只剩得一个气。说出仇人的名字，就死了。母亲解出他手里的剑。仇人的名字则经她用针刺在儿子手臂上，又涂了蓝。那口剑，在他手里。他到处找，按手臂上名字找那个人，为父亲报仇。

也许这是很重要的。

不过他一生中没有叫过一声父亲。

真的，有一天他找到那个仇人，他只有一剑把他杀了，他没有话跟他说。他怕自己说不出话来。

有时候他更愿意自己被那个仇人杀了。

父亲与仇人，他一样想象不出是甚么样子。小时候有人说他像父亲。现在他连自己样子都不大清楚。

有时他对仇人很有好感，虽然他一点不认识他。

这确是一个问题，杀了那个人他干甚么？

既然仇人的名字几乎代替他自己的名字，他可不是借了那个名字而存在的？仇人死了呢？

“我必是要报仇的！

“我跟你的距离一天天近了。

“我如果碰到，一看，我就知道是你。

“即使我一生找不到你，我这一生是找你的了。”

这末一句的声音啊。

第二天，一天亮，他跑近一个绝壁。这真是一个尽头，回身来，他才看见天，苍碧嶙峋，不可抗拒的力量压下来。他呼吸细而急，太阳穴跳动，脸色发青，两股贴紧，汗出如浆。剑在他背上，很重。而在绝壁的里面，像是从地心里，发出丁丁的声音，坚决而从容。

他走进绝壁。好黑，半天，他甚么也看不见。退出来？他像是浸在冰水里。而他的眼睛渐渐能看见前面一两尺地方，他站了一会，稳住自己。丁，一声，一个火花，赤红的。丁，又一个。风从洞口吹进来，吹在他背上。咽了一口唾液，他走进去。他听见自己蹬蹬足音，这个声音鼓励他，教他不踉跄，有样子。里面越走越窄，他得弓着身子。他直视前面，一个一个火花爆出来。好了，到了尽头。到尽头，是一堆长头发，一个人，匍匐，一手錾子，一手锤头，正开凿膝前的方寸。像是没有听见有人来，他不回头。渐渐的，他向上开凿，他的手举起，举起，旅行人看见两只僧衣的袖子，他披及腰下的长发抖动一下。他举起，举起，旅行人看见那一双手，奇瘦，露骨，全是筋。旅行人向后退一步。和尚把头回过来一下。只一双眼睛，从纷披的长发后面闪出来。旅行人木然。举起举起，火花，火花，再来一个，火花！他差点没晕过去：和尚的手臂上赫然是三个字，针刺的，涂蓝的，是他父亲的名字。一时，他甚么也不见，只有那三个字。一笔一划，他在心里描了那三个字。丁，一个火花，字一跳动。时间从洞外飞逝，一卷白云从洞口掠过。他简直忘记自己背上的剑了，或则是他自己整个消失就剩得这口剑。他缩小缩小，至于没有。然后又回来，回来，好了，他的脸色由青转红，他自己充满于躯体，剑！他拔剑在手。

从容的，坚决的，丁丁的声音；火花，紫赤晶明。

忽然他相信他母亲一定已经死了。

“铿”的一声。

他的剑落回鞘里。第一朵锈。

他看了看自己脚下，脚下是新凿的痕迹。而在他脚前，另一付锤錾摆着。他俯身，拾起来。和尚稍为往旁边挪过一点。

两滴眼泪闪在庙里白发的和尚的眼睛里。

有一天，两付錾子会同时凿在空里。第一线由另一面射进来的光。

廿九年初稿

卅四年底重写

卅五年一月又重写

载一九四六年第一卷第四期《文艺复兴》

昙花、鹤和鬼火

邻居夏老人送给李小龙一盆昙花。昙花在这一带是很少见的。夏老人很会养花，什么花都有。李小龙很小就听说过“昙花一现”。夏老人指给他看：“这就是昙花。”李小龙欢欢喜喜地把花抱回来了。他的心欢喜得咚咚地跳。

李小龙给它浇水，松土。白天搬到屋外。晚上搬进屋里，放在床前的高茶几上。早上睁开眼第一件事便是看看他的昙花。放学回来，连书包都不放，先去看看昙花。

昙花长得很好，长出了好几片新叶，嫩绿嫩绿的。

李小龙盼着昙花开。

昙花茁了骨朵儿了！

李小龙上课不安心，他总是怕昙花在他不在身边的时候开了。他听说昙花开无定时，说开就开了。

晚上，他睡得很晚，守着昙花。他听说昙花常常是夜晚开。

昙花就要开了。

昙花还没有开。

一天夜里，李小龙在梦里闻到一股醉人的香味。他忽然惊醒了：昙花开了！

李小龙一轱辘坐了起来，划根火柴，点亮了煤油灯：昙花真的开了！

李小龙好像在做梦。

昙花真美呀！雪白雪白的，白得像玉，像天上的云。花心淡黄，淡得像没有颜色，淡得真雅。她像一个睡醒的美人，正在舒展着她的肢体，一面吹出醉人的香气。啊呀，真香呀！香死了！

李小龙两手托着下巴，目不转睛地看着昙花。看了很久，很久。

他困了。他想就这样看它一夜，但是他困了。吹熄了灯，他睡了。一睡就睡着了。

睡着之后，他做了一个梦，梦见昙花开了。

于是李小龙有了两盆昙花。一盆在他的床前，一盆在他的梦里。

李小龙已经是中学生了。过了一个暑假，上初二了。

初中在东门里，原是一个道士观，叫赞化宫。李小龙的家在北门外东街。从李小龙家到中学可以走两条路。一条进北门走城里，一条走城外。李小龙上学的时候都是走城外，因为近得多。放学有时走城外，有时走城里。走城里是为了看热闹或是买纸笔，买糖果零食吃。

从李小龙家的巷子出来，是越塘。越塘边经常停着一些粪船。那是乡下人上城来买粪的。李小龙小时候刚学会纸手工时，常的折便是“粪船”。其实这只纸船是空的，装什么都可以。小孩子因为常常看见这样的船装粪，就名之曰粪船了。

沿越塘的坡岸走上来，右边有几家种菜的。左边便是菜地。李小龙看见种菜的种青菜，种萝卜。看他们浇粪，浇水。种菜的用一个长把的水舀子舀满了水，手臂一挥舞，水就像扇面一样均匀地洒开了。青菜一天一个样，一天一天长高了，全都直直地立着，都很精神，很水灵。萝卜原来像菜，后来露出红红的“背儿”，就像萝卜了。他看见扁豆开花，扁豆结角了。看见芝麻。芝麻可不好看，直不棱挺，四方四棱的秆子，结了好些带小毛刺的蒴果。蒴果里就是芝麻粒了。“你就是芝麻呀！”李小龙过去没有看见过芝麻。他觉得芝麻能榨油，给人吃，这非常神奇。

过了菜地，有一条不很宽的石头路。铺路的石头不整齐，大大小小，而且都是光滑的，圆乎乎的，不好走。人不好走，牛更不好走。李小龙常常看见一头牛的一只前腿或后腿的蹄子在圆石头上“霍——哒”一声滑了一下——然而他没有看见牛滑得摔倒过。牛好像特别爱在这条路上拉屎。路上随时可以看见几堆牛屎。

石头路两侧各有两座牌坊，都是青石的。大小、模样都差不多。李小龙知道，这是贞节牌坊。谁也不知道这是谁家的，是为哪一个守节的寡妇立的。那么，这不是白立了么？牌坊上有很多麻雀做窝。麻雀一天到晚叽叽喳喳地叫，好像是牌坊自己叽叽喳喳叫着似的。牌坊当然不会叫，石头是没有声音的。

石头路的东边是农田，西边是一片很大的苇荡子。苇荡子的尽头是一片乌蒙蒙的杂树林子。林子后面是善因寺。沿石头路往善因寺有一条小路，很少人走。李小龙有一次一个人走了一截，觉得怪瘆得慌。

春天，苇荡子里有很多蝌蚪，忙忙碌碌地甩着小尾巴。很快，就变成了小蛤蟆。小蛤蟆每天早上横过石头路乱蹦。你们干嘛乱蹦，不好老实呆着吗？小蛤蟆很快就成了大蛤蟆，咕呱乱叫！

走完石头路，是傅公桥。从东门绕过来的护城河往北，从北城绕过来的护城河往东，在河里汇合，流入澄子河。傅公桥正跨在汇流的浦上。这是一座洋松木桥。两根桥梁，上面横铺着立着的洋松木的扁方子，用巨大的铁螺丝固定在桥梁上。洋松扁方并不密接，每两方之间留着和扁方宽度相等的空隙。从桥上过，可以看见水从下面流。有时一团青草，一片破芦席片顺水漂过来，也看得见它们从桥下悠悠地漂过去。

李小龙从初一读到初二了，来来回回从桥上过，他已经过了多少次了？

为什么叫做傅公桥？傅公是谁？谁也不知道。

过了傅公桥，是一条很宽很平的大路，当地人把它叫做“马路”。走在这样很宽很平的大路上，是很痛快、很舒服的。

马路东，是一大片农田。这是“学田”。这片田因为可以直接从护城河引水灌溉，所以庄稼长得特别的好，每年的收成都是别处的田地比不了的。

李小龙看见过割稻子。看见过种麦子。春天，他爱下了马路，从麦子地里走，一直走到东门口。麦子还没有“起身”的时候，是不怕踩的，越踩越旺。麦子一天一天长高了。他掰下几粒青麦子，搓去外皮，放进嘴里嚼。他一辈子记得青麦子的清香甘美的味道。他看见过割麦子。看见过插秧。插秧是个大喜的日子，好比是娶媳妇，聘闺女。插秧的人总是精精神神的，脾气也特别温和。又忙碌，又从容，凡事有条有理。他们的眼睛里流动着对于粮食和土地的脉脉的深情。一天又一天，哈，稻子长得齐李小龙的腰了。不论是麦子，还是稻子，挨着马路的地边的一排长得特别好。总有几丛长得又高又壮，比周围的稻麦高出好些。李小龙想，这大概是由于过路的行人曾经对着它撒过尿。小风吹着丰盛的庄稼的绿叶，沙沙地响，像一首遥远的、温柔的歌。李小龙在歌里轻快地走着……

李小龙有时候挨着庄稼地走，有时挨着河沿走。河对岸是一带黑黑的城墙，城墙垛子一个、一个、一个，整齐地排列着。城墙外面，有一溜墓地，长了好些狗尾巴草、扎蓬、苍耳和风播下来的旅生的芦秫。草丛里一定有很多蝈蝈，蝈蝈把它们的吵闹声音都送到河这边来了。下面，是护城河。随着上游水闸的启闭，河水有时大，有时小；有时急，有时慢。水急的时候，挨着岸边的水会倒流回去，李小龙觉得很奇怪。过路的大人告诉他：这叫“回溜”。水是从运河里流下来的，是浑水，颜色黄黄的。黑黑的城墙，碧绿的田地，白白的马路，黄黄的河水。

去年冬天，有一天，下大雪，李小龙一大早上学去，他发现河水是红颜色的！很红很红，红得像玫瑰花。李小龙想：也许是雪把河变红了。雪那样厚，雪把什么都盖成一片白，于是衬得河水是红的了。也许是河水自己这一天发红了。他琢磨不透。但是他千真万确看见了一条红水河。雪地上还没有人走过，李小龙独自一人，踏着积雪，他的脚踩得积雪咯吱咯吱地响。雪白雪白的原野上流着一条玫瑰红色的河，那样单纯，那样鲜明而奇特，这种景色，李小龙从来没有看见过，以后也没有看见过。

有一天早晨，李小龙看到一只鹤。秋天了，庄稼都收割了，扁豆和芝麻都拔了秧，树叶落了，芦苇都黄了，芦花雪白，人的眼界空阔了。空气非常凉爽。天空淡蓝淡蓝的，淡得像水。李小龙一抬头，看见天上飞着一只东西。鹤！他立刻知道，这是一只鹤。李小龙没有见过真的鹤，他只在画里见过，他自己还画过。不过，这的的确确是一只鹤。真奇怪，怎么会有一只鹤呢？这一带从来没有人家养过一只鹤，更不用说是野鹤了。然而这真是一只鹤呀！鹤沿着北边城墙的上空往东飞去。飞得很高，很慢，雪白的身子，雪白的翅膀，两只长腿伸在后面。李小龙看得很清楚，清楚极了！李小龙看得呆了。鹤是那样美，又教人觉得很凄凉。

鹤慢慢地飞着，飞过傅公桥的上空，渐渐地飞远了。

李小龙痴立在桥上。

李小龙多少年还忘不了那天的印象，忘不了那种难遇的凄凉的美，那只神秘的孤鹤。

李小龙后来长大了，到了很多地方，看到过很多鹤。

不，这都不是李小龙的那只鹤。

世界上的诗人们，你们能找到李小龙的鹤么？

李小龙放学回家晚了。教图画手工的张先生给了他一个任务，让他刻一副竹子的对联。对联不大，只有三尺高。选一段好毛竹，一剖为二，刳去竹节，用砂纸和竹节草打磨光滑了，这就是一副对子。联文是很平常的：惜花春起早，爱月夜眠迟。字是请善因寺的和尚石桥写的，写的是石鼓。因为李小龙上初一的时候就在家跟父亲学刻图章，已经刻了一年，张先生知道他懂得一点篆书的笔意，才把这副对子交给他刻。刻起来并不费事，把字的笔划的边廓刻深，再用刀把边线之间的竹皮铲平，见到“二青”就行了。不过竹皮很滑，竹面又是圆的，需要手劲。张先生怕他带来带去，把竹皮上墨书的字蹭模糊了，教他就在自己的画室里刻。张先生的画室在一个小楼上。小楼在学校东北角，是赞化宫的遗物，原来大概是供吕洞宾的，很旧了。楼的三面都是紫竹——紫竹在城里别处极少见，学生习惯就把这座楼叫成“紫竹楼”。李小龙每天下课后，上楼来刻一个字，刻完回家。已经刻了一个多星期了。这天就剩下“眠迟”两个字了，心想一气刻完了得了，明天好填上石绿挂起来看看，就贪刻了一会。偏偏石鼓文体的“迟”字笔划又多，时间不知不觉就过去了。刻完了“迟”字的“走之”，揉揉眼睛，一看：呀，天都黑了！而且听到隐隐的雷声——要下雨了：赶紧走。他背起书包直奔东门。出了东门，听到东门外铁板桥下轰鸣震耳的水声，他有点犹豫了。

东门外是刑场（后来李小龙到过很多地方，发现别处的刑场都在西门外。按中国的传统观念，西方主杀，不知道这里的刑场为什么在东门外）。对着东门不远，有一片空地，空地上现在还有一些浅浅的圆坑，据说当初杀人就是让犯人跪在坑里，由背后向第三个颈椎的接缝处切一刀。现在不兴杀头了，枪毙犯人——当地叫做“铳人”，还是在这里。李小龙的同学有时上着课，听到街上犯人拉长音的凄惨的号声，就知道要铳人了。他们下了课赶去看，有时能看到尸首，有时看到地下一摊血。东门桥是全县唯一的一座铁板桥。桥下有闸。桥南桥北水位落差很大，河水倾跌下来，声音很吓人。当地人把这座桥叫做掉魂桥，说是临刑的犯人到了桥上，听到水声，魂就掉了。

李小龙犹豫了一下，还是走上铁板桥了。他的脚步踏得桥上的铁板当当地响。

天骤然黑下来了，雨云密集，天阴得很严。下了桥，他就掉在黑暗里了。什么也看不见，只能看到一条灰白的痕迹，是马路；黑糊糊的一片，是稻田。好在这条路他走得很熟，闭着眼也能走到，不会掉到河里去，走吧！他听见河水哗哗地响，流得比平常好像更急。听见稻子的新秀的穗子摆动着，稻粒磨擦着发出细碎的声音。一个什么东西窜过马路！——大概是一只獾子。什么东西落进河水了——“卜通！”他的脚清楚地感觉到脚下的路。一个圆形的浅坑，这是一个牛蹄印子，干了。谁在这里扔下一块西瓜皮！差点摔了我一跤！天上不时扯一个闪。青色的闪、金色的闪、紫色的闪。闪电照亮一块黑云，黑云翻滚着，绞扭着，像一个暴怒的人正在憋着一腔怒火。闪电照亮一棵小柳树，张牙舞爪，像一个妖怪。

李小龙走着，在黑暗里走着，一个人。他走得很快，比平常要快得多，真是“大步流星”，踏踏踏踏地走着。他听见自己的两只裤脚擦得刹刹地响。

一半沉着，一半害怕。

不太害怕。

刚下掉魂桥，走过刑场旁边时，头皮紧了一下，有点怕，以后就好了。

他甚至觉得有点豪迈。

快要到了。前面就是傅公桥。“行百里者半九十”，今天上国文课时他刚听高先生讲过这句古文。

上了傅公桥，李小龙的脚步放慢了。

这是什么?

他从来没有看见过。

一道一道碧绿的光，在苇荡上。

李小龙知道，这是鬼火。他听说过。

绿光飞来飞去。它们飞舞着，一道一道碧绿的抛物线。绿光飞得很慢，好像在呦呦地哭泣。忽然又飞快了，聚在一起；又散开了，好像又笑了，笑得那样轻。绿光纵横交错，织成了一面疏网；忽然又飞向高处，落下来，像一道放慢了的喷泉。绿光在集会，在交谈。你们谈什么？……

李小龙真想多停一会，这些绿光多美呀！

但是李小龙没有停下来，说实在的，他还是有点紧张的。

但是他也没有跑。他知道他要是一跑，鬼火就会追上来。他在小学上自然课时就听老师讲过，"鬼火"不过是空气里的磷，在大雨将临的时候，磷就活跃起来。见到鬼火，要沉着，不能跑，一跑，把气流带动了，鬼火就会跟着你追。你跑得越快，它追得越紧。虽然明知道这是磷，是一种物质，不是什么"鬼火"，不过一群绿光追着你，还是怕人的。

李小龙用平常的速度轻轻地走着。

到了贞节牌坊跟前倒真的吓了他一跳！一条黑影，迎面向他走来。是个人！这人碰到李小龙，大概也有点紧张，跟小龙擦身而过，头也不回，匆匆地走了。这个人，那么黑的天，他跑到马上要下大雨的田野里去干什么？

到了几户种菜人家的跟前，李小龙的心才真的落了下来。种菜人家的窗缝里漏出了灯光。

李小龙一口气跑到家里。刚进门，"哗——"大雨就下来了。

李小龙搬了一张小板凳，在灯光照不到的廊檐下，对着大雨倾注的空庭，一个人呆呆地想了半天。他要想想今天的印象。

李小龙想：我还是走回来了。我走在半道上没有想退回去，如果退回去，我就输了，输给黑暗，又输给了我自己。

李小龙回想着鬼火，他觉得鬼火很美。

李小龙看见过鬼火了，他又长大了一岁。

载一九八四年第一期《东方少年》

邂逅

船开了一会，大家坐定下来。理理包箧，接起刚才中断的思绪，回味正在进行中的事务已过的一段的若干细节，想一想下一步骤可能发生的情形，没有目的的擒纵一些飘忽意象；漫然看着窗外江水；接过茶房递上来的手巾擦脸；掀开壶盖给茶房沏茶；口袋里摸出一张什么字条，看一看，又搁了回去；抽烟；打盹；看报；尝味着透入脏腑的机器的浑沉的震颤——震得身体里的水起了波纹，一小圈，一小圈；暗数着身下靠背椅的一根一根木条；什么也不干，听而不闻，视而不见，近乎是虚设的“在”那里；观察，感觉，思索着这些……各种生活式样摆设在船舱座椅上，展放出来；若真实，又若空幻，各自为政，没有章法，然而为一种甚么东西范围概括起来，赋之以相同的一点颜色——那也许是“生活”本身。在现在，则是“过江”，大家同在一条“船”上。

在分割了的空间之中，在相忘于江湖的漠然之中，他被发现了，像从一棵树下过，忽然而发现了这里有一棵树。他是什么时候进来的呢？他一定是刚刚进来。虽没有人注视着舱门如何进来了一个人，然而全舱都已经意识到他，在他由动之静，迈步之间有停止之意而终于果然站立下来的时候，他的进来完全成为了一个事实。好像接到了一个通知似的，你向他看。

你觉得若有所见了。

活在世上，你好像随时都在期待着，期待着有甚么可以看一看的事。有时你疲疲困困，你的心休息，你的生命匍伏着像一条假寐的狗，而一到有甚么事情来了，你醒豁过来，白日里闪来了清晨。

常常也是一涉即过，清新的后面是沉滞，像一缕风。

他停立在两个舱门之间的过道当中，正好是大家都放弃而又为大家所共有的一个自由地带。——他为什么不坐？有的是空座位。——他不准备坐，没有坐的意思，他没有从这边到那边看一看，他不是在挑选哪一张椅子比较舒服。他好像有所等待的样子。——动人的是他的等待么？

他脉脉的站在那里。在等待中总是有一种孤危无助的神情的，然而他不放纵自己的情绪，不强迫人怜恤注意他。他意态悠远，肤体清和，目色沉静，不纷乱，没有一点焦躁不安，没有忍耐。——你疑心他也许并不等待着甚么，只是他的神情总像在等待着甚么似的而已。

他整洁，漂亮，颀长，而且非常的文雅，身体的态度，可欣可感，都好极了。难得的，遇到这样一个人。

哦——他是个瞎子——他来卖唱——他是等着这个女孩子进来，那是他女儿，他等待着茶房沏了茶打了手巾出去，（茶房从他面前经过时他略为往后退了退，让他过去，）等着人定，等着一个适当的机会开口。

她本来在那里的？是等在舱门外头？她也进来得正是时候，像她父亲一样，没有人说得出她怎么进来的，而她已经在那里了，毫不突兀，那么自然，那么恰到好处，刚刚在点儿上。他们永远找得到那个千载一时的成熟的机缘，一点都不费力。他已经又在许多纷纭褶曲的心绪的空隙间插进他的声音，不知道甚么时候，说了一句简单的开场白，唱下去了。没有跳踉呼喝，振足拍手，没有给任何旅客一点惊动，一点刺激，仿佛一切都预先安排，这支曲子本然的已经伏在那里，应当有的，而且简直不可或缺，不是改变，是完成；不是反，是正；不是二，是一……

一切有点出乎意外。

我高兴我已经十年不经过这一带，十年没有坐这种过江的渡轮了，我才不认识他。如果我已经知道他，情形会不会不同？一切令我欣感的印象会不存在？——也不，总有个第一次的。在我设想他是一种甚么人的时候我没有想出，没有想到他是卖唱的。他的职业特征并不明显，不是一眼可见，也许我全心倾注在他的另一种气质，而这种气质不是，或不全是生成于他的职业，我还没有兴趣也没有时间来判断，甚至设想他是何以为生的？如果我起初就发现——为什么刚才没有，一直到他举出来轻轻拍击的时候我才发现他手里有一付檀板呢？

从前这一带轮船上两个卖唱的，一个鸦片鬼，瘦极了，嗓子哑得简直发不出声音，咤咤的如敲破竹子；一个女人，又黑又肥，满脸麻子。——他样子不像是卖唱的？其实要说，也像——卖唱的样子是一个甚么样子呢？——他不满身是那种气味。腐烂了的果子气味才更强烈，他还完完整整，好好的。他样子真是好极了。这是他女儿，没有问题。

他唱的甚么?

有一回，那年冬天特别冷，雪下得大极了，河封住了，船没法子开，我因事须赶回家去，只有起早走，过湖，湖都冻得实实的，船没法子过去，冰面上倒能走。大风中结了几个伴在茫茫一片冰上走，心里感动极了，抽一枝烟划一枝洋火好费事!一个人划洋火成了全队人的事情。……（我掏了一枝烟抽，）远远看见那只轮船冻在湖边，一点活意都没有，被遗弃在那儿，红的，黑的，都是可怜的颜色。我们坐过它很多次，天不这么冷，现在我们就要坐它的。忽然想起那两个卖唱的。他们在哪里了呢，雪下了这么多天了。沿河堤有许多小客栈，本来没有甚么人知道的，都有了生意了，近年下，起早走路的客人多，都有事。他们大概可以一站一站的赶，十多里，二三十里，赶到小客栈里给客人解闷去，他们多半会这么着的。封了河不是第一次，路真不好走。一个人走起来更苦，他们其实可以结成伴。——哈，他们可以结婚!

这我想过不止一次了，我颇有为他们做媒之意。“结婚”，哈!但是他们一起过日子很不错，同是天涯沦落人，彼此有个照应。可是怪，同在一路，同在一条船上卖唱，他们好像并没有同类意识，见了面没有看他们招呼过，谈话中也未见彼此提起过，简直不认识似的。不会，认识是当然认识的。利害相妨，同行妒忌?未必罢，他们之间没有竞争。

男的鸦片抽成了精，没有几年好活了，但是他机灵，活络得多，也皮赖，一定得的钱较多。女的可以送他葬，到时候有个人哭他，买一陌纸钱烧给他。——你是不是想男的可以戒烟，戒了烟身体好起来，不喝酒，不赌钱，做两件新蓝布大褂，成个家，立个业，好好过日子，同偕到老？小孩子！小孩子！——不，就是在一个土地庙神龛鬼脚下安身也行，总有一点温暖的——说不定他们还会生个孩子。

现在，他们一定结伴而行了，在大风雪中挨着冻饿，挨着鸦片烟，十里二十里的往前赶一家一家的小客栈了。小客栈里咸菜辣椒煮小鲫鱼一盘一盘的冒着热气，冒着香，锅里一锅白米饭。——今天米价是多少？一百八？

下来一半（路程）了罢？天气好，风平浪静。

他们不会结婚，从来没有想到这个上头去过。这个鸦片鬼不需要女人，这个女人没有人要。别看这个鸦片鬼，他要也才不要这个女人！他骨干肢体毁蚀了，走了样，可是本来还不错的，还起原来很有股子潇洒劲儿。那样的身段是能欣赏女人的身段，懂得风情的身段。这个女人没有女人味儿！鸦片鬼老是一段《活捉张三郎》，挤眉瞪眼，伸头缩脖子，夸张，恶俗，猥亵，下流极了。没法子。他要抽鸦片。可是要是没法子不听还是宁可听他罢。他聪明，他用两枝竹筷子丁丁当当敲一个青花五寸盘子，敲得可是神极了，溅跳洒泼，快慢自如，有声有势，活的一样。他很有点才气，适于干这一行的，他懂。那个黑麻子女人拖把胡琴唱“你把那，冤枉事勒欧欧欧欧欧欧……”实在不敢领教。或者，更坏，不知哪里学来的一段《黑风帕》。这个该死的蠢女人！

他们秉赋各异，玩意儿不同，凑不到一起去。

真不大像是——这女孩子配不上他父亲——还不错，不算难看，气派好，庄静稳重，不轻浮，现在她接她父亲的口唱了。

有熟人懂得各种曲子的要问问他，他们唱的这种叫甚么调子。这其实应当说是一种戏文，用的是代言体。上台彩扮大概不成罢，声调过于逶迤曼长了。虽是两人递接着唱，但并非对口，唱了半天，仍是一个人口吻。全是抒情，没有情节。事实自《红楼梦》敷衍而出。黛玉委委屈屈向宝玉倾诉心事。每一段末尾长呼“我的宝哥哥儿来”，可是唱得含蓄低宛，居然并不觉得刺耳。颇有人细细的听，凝着神，安安静静，脸上恻恻的，身体各部松弛解放下来，气息深深，偶然舒一舒胸，长长透一口气，纸烟灰烧出一长段，跌落在衣襟上，碎了，这才霍然如梦如醒。有人低语：

“他的眼睛——”

“瞎子，雀盲。”

“哦——”

进门站下来的时候就觉得，他的眼睛有点特别，空空落落，不大有光彩，不流动。可是他女儿没有进来之先他向舱门外望了一眼，他一扬头，样子不像瞎眼的人。瞎眼人脸上都有一种焦急愤恨。眼角嘴角大都要变形的，雀盲尤其自卑，扭扭捏捏，藏藏躲躲，他没有，他脸上恬静平和极了。他应当是生下来就双眼不通，不会是半途上瞎的。

女孩子唱的还不如他父亲——听是还可以听。

这段曲子本来跟多数民间流行曲子一样，除了感伤，剩下就没有什么东西了，可是他唱得感伤也感伤，一点都不厉害。唱得深极了，远极了，素雅极了，醇极了，细运轻输，不枝不蔓，舒服极了。他唱的时候没有一处摇摆动幌，脸上都不大变样子，只有眉眼间略略有点凄愁，像是在深深思念之中，不像在唱。——啊不，是在唱，他全身都在低唱，没有哪一处是散涣叛离的。他唱得真低，然而不枯，不弱，声声匀调，字字透达，听得清楚分明极了。每一句，轻轻的拍一板，一段，连拍三四下。女儿所唱，格韵虽较一般为高，但是听起来薄，松，含糊，懒懒的，她是受她父亲的影响，摹仿父亲而没有得其精华神髓，她尽量压减洗涤她的嗓音里的野性和俗气，可是她的生命不能与那个形式蕴合，她年纪究竟轻，而且性格不够。她不能沉缅，她心不专，她唱，她自己不听。她没有想跳出这个生活，她是个老实孩子。老实孩子，但不是没有一些片片段段的事情足以教她分心，教她不能全神贯注，入乎其中。

她有十七八岁了罢？有啰，可能还要大一点。样子还不难看。脸宽宽的，鼻子有一点塌，眼睛分得很开。搽了一点脂粉，胭脂颜色不好，桃红的。头发修得很齐，梳得光光的，稍为平板了一点，前面一个发卷于是显得像个筒子，跟后面头发有点不能相连属。腰身粗粗的，眼前还不要紧，千万不能再胖。

站着能够稳稳的，腿分得不太开，脚不乱动，上身不扭，然而不僵，就算难得的了。她的态度救了她的相貌不少。她神色间有点疲倦，一种心理的疲倦。——她有了人家没有的？一件黑底小红碎花布棉袍，青鞋，线袜，干干净净。——又是父亲了，他们轮着来。她唱得比较少，大概是父亲唱两段，女儿唱一段。

天气真好，简直没有甚么风，船行得稳极了。

谁把茶壶跟茶杯挨近着放，船震，轻轻的碜出瓷的声音，细细的，像个金铃子叫。——嗳呀，叫得有点烦人！心里不舒服，觉得恶心。——好了，平息了，心上一点霉斑。——让它叫去罢，不去管它。

是不是这么分的，一个两段，一个一段？这么分法有甚么理由？要是倒过来——现在这么听着挺合适，要是女儿唱两段父亲唱一段呢，这个布局想象得出么？打个比方，就像两种花色编结起来的连续花边，两朵蓝的，间有一朵绿的，（紫的，黄的，银红的，杂色的，）如果改成两朵绿的一朵蓝的呢？……甚么蓝的绿的，不像！干甚么用比喻呢，比喻不伦！——有没有女儿两段父亲一段的时候？——分开了唱四段比连着唱三段省力——两个人比一个人唱好，有变化，不单调，起来复舒卷感，像花边。——比喻是个陷阱，还是摔不开！——接口接得真好，一点不露痕迹，没有夺占，没有缝隙，水流云驻，叶落花开，相契莫逆，自自在在，当他末一声的有余将尽，她的第一字恰恰出口，不颔首，不送目，不轻轻咳嗽，看不出一点点暗示和预备的动作。

他们并排站着，稍有一段距离。他们是父女，是师徒，也还是同伴。她唱得比较少，可是并不就是附属陪衬。她并不多余，在她唱的时候她也是独当一面，她有她的机会，他并不完全笼罩了她，他们之间有的是平等，合作时不可少的平等。这种平等不是力求，故不露暴，于是更圆满了。——真的平等不包含争取。父亲唱的时候女儿闲着，她手里没有一样东西，可是她能那么安详！她垂手直身，大方窈窕，有时稍稍回首，看她父亲一眼，看他的侧面，他的手，他的下颚，他的檀板，她的眼睛是一个合作的女儿的眼睛。——她脚下不动。

他自己唱的时候他拍板，女儿唱的时候他为女儿拍板，他从头没有离开过曲子一步。他为女儿拍板时也跟为自己拍板时一样。好像他女儿唱的时候有两起声音，一起直接散出去，一起流过他，再出去。不，这两条路亦分亦合，还有一条路，不管是他和她所发的声音都似乎不是从这里，不是由这两个人，不是在我们眼前这个方寸之地传来的，不复是一个现实，这两个声音本身已经连成一个单位。——不是连成，本是一体，如藕于花，如花于镜，无所凭藉，亦无落著，在虚空中，在天地水土之间……

女孩子眼睛里看见甚么了？一个客人袖子带翻了一只茶杯，残茶流出来，渐成一线，伸过去，伸过去，快要到那个纸包了——纸包里是甚么东西？——嘻，好了，桌子有一条缝，茶透到缝里去了。——还没有——还没有——滴下来了！这种茶杯底子太小，不稳，轻轻一偏就倒了。她一边看，一边唱，唱完了，还在看，不知是不是觉得有人看出了，有点不好意思，微低了头，面色肃然。——有人悄悄的把放在桌上的香烟火柴放回口袋里，快到了罢？对岸山浅浅的一抹。他唱完了这一段大概还有一段，由他开头，也由他收尾。

完了，可是这次好像只有一段？女儿走下来收钱，他还是等在那儿。他收起檀板，敛手垂袖而立，温文恭谨，含情脉脉，跟进来时候一样。

他样子真好极了。人高高的，各部分都称配，均衡，可是并不伟岸，周身一种说不出来的优雅高贵。稍稍有点衰弱，还好，还看不出有病苦的痕迹。总五十岁左右了。今天是……十三，过了年才这么几天，风吹着已经似乎不同了。——他是理了发过的年罢，发根长短正合适。梳得妥妥贴贴，大大方方。头发还看不出白的。——他不能自己修脸罢？也还好，并不惨厉，而且稍为有点阴翳于他正相宜，这是他的本来面目，太光滑了就不大像他了。他脸上轮廓清晰而固定，不易为光暗影响改变。手指白白皙皙，指甲修得齐齐的。——干净极了！一眼看去就觉得他的干净。可是干净得近人情，干净得教人舒服，不萧索，不干燥，不冷，不那么兢兢翼翼，时刻提防，觉得到处都脏，碰不得似的。一件灰色棉袍，剪裁得合身极了。布的。——看上去料子像很好？——是布的。不单是袍子，里面衬的每一件衣裤也一定都舒舒齐齐，不破，不脏，没有气味，不窝囊着，不扯起来，口袋纽子都不残缺，一件套着一件，一层投着一层，袖口一样长短，领子差不多高低，边对边，缝对缝……还很新，是去年冬天做的。——袍子似乎太厚了一点，有点臃肿，减少了他的挺拔。——不，你看他的腮，他真该穿得暖些啊。他的胸，他的背，他的腰肋，都暖洋洋的，他全身正在领受着一重丰厚的暖意——一脉近于叹息的柔情在他的脸上。

她顺着次序走过一个一个旅客，不说一句话，伸出她的手，坦率，无邪，不局促，不忸怩，不争多较少，不泼辣，不蘑菇，规规矩矩老老实实。——这女孩子实在不怎样好看，她鼻子底下有颗痣。都给的。——有一两个，她没有走近，看样子他也许没有，然而她态度中并无轻蔑之意，不让人不安。有的脸背着，或低头扣好皮箱的锁，她轻轻在袖子上拉一拉。——真怪，这样一个动作中居然都包含一点卖弄风情，没有一点冒昧。被拉的并不嗔怪，不声不响，掏出钱来给她。——有人看着他，他脸一红，想分辩，我不是——是的，你忙着有事，不是规避，谁说你小器的呢，瞧瞧你这样的人，像么——于是两人脸上似笑非笑了一下，眼光各向一个方向挪去。——这两个人说不定有机会认识，他们老早谈过话了。——在澡堂里，饭馆里，街上，隔若干日子，碰着了，他们有招呼之意，可是匆匆错过了，回来，也许他们会想，这个人好面熟，哪里见过的？——大概想不出究竟是哪里见过的了罢？——人应当记日记。——给的钱上下都差不多，这也好像有个行情，有个适当得体的数目，切合自己生活，也不触犯整个社会。这玩意儿真不易，够学的！过到老，学不了，学的就是这种东西？这是老练，是人生经验，是贾宝玉反对的学问文章。我的老天爷！——这一位，没有零的，掏出来一张两万关金券，一时张皇极了，没有主意，连忙往她手里一搁，心直跳，转过身来伏在船窗上看江水，他简直像大街上摔了一大跤。——哎，别急，没有关系。——差不多全给的。然而送给舱里任何一位一定没有人要，一点不是一个可羡慕的数目。——上海正发行房屋奖券，这里头一定有人买的，就快开奖了。你见过设计图样么？——从前用铜子，卖唱的多用一个小藤册子接钱，投进去磬磬的响。

都收了，她回去，走近她父亲——她第一次靠着她父亲，伸一个手给他，拉着他，她在前，他在后，一步一步走出去了。他是个瞎子。——我这才真正的觉得他瞎，看到他眼睛看不见，十分的动了心。他的一切声容动静都归纳摄收在这最后的一瞥，造成一个印象，完足，简赅，具体。他走了，可是印象留下来。——他们是父女，无条件的，永远的，没有一丝缝隙的亲骨肉。不，她简直是他的母亲啊！他们走了……

“他们一天能得多少钱？”

“也不多——轮渡一天来回才开几趟。夏天好，夏天晚上还有人叫到家里唱。”

“那他们穿的？”

“嗳——”

船平平稳稳的行进，太阳光照在船上，照在柔软的江水上。机器的震动均匀而有力，充满健康，充满自信。舱壁上几道水影的反光幌荡。船上安静极了，有秩序极了。——忽然乱起来，像一个灾难，一个麻袋挣裂了，滚出各种果实。一个脚夫像天神似的跳到舱里。——到了，下午两点钟。

看水

下班了。小吕把擦得干干净净的铁锹搁到“小仓库”里，正在脚蹬着一个旧辘轴系鞋带，组长大老张走过来，跟他说：

“小吕，你今天看一夜水。”

小吕的心略为沉了一沉。他没有这种准备。今天一天的活不轻松，小吕身上有点累。收工之前，他就想过：吃了晚饭，打一会百分，看两节《水浒》，洗一个脚，睡觉！他身上好像已经尝到伸腰展腿地躺在床上的那股舒服劲。看一夜水，甭打算睡了！这倒还没有什么。主要的是，他没有看过水，他不知道看水是怎么个看法。一个人，黑夜里，万一要是渠塌了，水跑了，淹了庄稼，灌了房子……那他可招架不了！一种沉重的，超过他的能力和体力的责任感压迫着他。

但是大老张说话的声音、语气，叫他不能拒绝。果园接连浇了三天三夜地了。各处的地都要浇，就这几天能够给果园使水，果园也非乘这几天抓紧了透透儿地浇一阵水不可，果子正在膨大，非常需要水。偏偏这一阵儿别的活又忙，葡萄绑条、山丁子喷药、西瓜除腻虫、倒栽疙瘩白、垄葱……全都挤在一起了。几个大工白日黑夜轮班倒，一天休息不了几小时，一个个眼睛红红的，全都熬得上了火。再派谁呢？派谁都不大合适。

这样大老张才会想到小吕的头上来。小吕知道，大老张是想叫小吕在上头守守闸，看看水，他自己再坚持在果园浇一夜，这点地就差不多了。小吕是个小工，往小里说还是个孩子，一定不去，谁也不能说什么。过去也没有派过他干过这种活。但是小吕觉得不能这样。自己是果园的人，若是遇到紧张关头，自己总是逍遥自在，在一边做个没事人，心里也觉说不过去。看来也还就是叫自己去比较合适。无论如何，小吕也是个男子汉——你总不能叫两个女工黑夜里在野地里看水！大老张既然叫自己去，他说咱能行，咱就试巴试巴！而且，看水，这也挺新鲜，挺有意思！小吕就说：

“好吧！”

小吕把搁进去的铁锹又拿出来，大老张又嘱咐了他几句话，他扛上铁锹就走了。

吃了晚饭，小吕早早地就上了渠。

一来，小吕就去找大老张留下的两个志子。大老张告诉他，他给他在渠沿里面横插两根树枝，当作志子，一处在大闸进水处不远，一处在支渠拐弯处小石桥下。大老张说：

“你只要常常去看看这两根树枝。水只要不漫过志子，就不要紧，尽它浇好了！若是水把它漫下去了，就去搬闸——拉起一块闸板，把水放掉一些——水太大了怕渠要吃不住。若是水太小了，就放下两块闸板，让它憋一憋。没有什么，这几天水势都很平稳，不会有什么问题！”

小吕走近去，没怎么费事，就找到了。也很奇怪，这只是两根普普通通的细细的树枝，半掩半露在蒙翳披纷的杂草之间，并不特别引人注意，然而小吕用眼睛滤过去，很快就发现了，而且肯定就是它，毫不怀疑。一看见了这两根树枝，小吕心里一喜，好像找到了一件失去的心爱的东西似的。有了这两个志子，他心里有了一点底。不然，他一定会一会儿觉得，水太大了吧；一会儿又觉得，水太小了吧，搞得心里七上八下，没有主意。看看这两根插得很端正牢实的树枝，小吕从心里涌起一股对于大老张的感谢，觉得大老张真好，对他真体贴——虽然小吕也知道大老张这样做，在他根本不算什么，一个组长，第一回叫一个没有经验的小工看水，可能都会这样。

小吕又到大闸上试了一下。看看水，看看闸，又看看逐渐稀少的来往行人，小吕暗暗地鼓了鼓劲，拿起抓钩（他还没有使唤过这种工具），走下闸下的石梁。拉了一次闸板——用抓钩套住了闸板的铁环，拽了两下，活动了，使劲往上一提，起来了！行！又放了一次闸板——两手平提着，觑准了两边的闸槽——觑准了！不然，水就把它冲跑了！一撒手，下去了！再用抓钩捣了两下，严丝合缝，挺好！第一回，这是在横跨在大渠上的窄窄的石梁子上，满眼是汤汤洄洄、浩浩荡荡的大水，充耳是湝鸣的水声，小吕心里不免有点怯，有点晃荡。他手上深切地感觉到水的雄浑、强大的力量——水扑击着套在抓钩上的闸板，好像有人使劲踢它似的。但是小吕屏住了气，站稳了脚，把注意力完全集中在闸板上酒杯大的铁环和两个窄窄的闸槽上，还是相当顺利地做成了他要做的事。

小吕深信大工们拉闸、安闸，也就是这样的。许多事都得自己来亲自试一下才成，别人没法跟你说，也说不清楚。

行！他觉得自己能够胜任。水势即使猛涨起来，情况紧急，他大概还能应付。他觉得轻松了一点，刚才那一阵压着他的严重的感觉开始廓散。

小吕沿着渠岸巡视了一遍。走着走着，又有点紧张起来。渠沿有好几处渗水，沁得堤土湿了老大一片，黑黑的。有不少地方有蚯蚓和蝼蛄穿的小眼，汩汩地冒水。小吕觉得这不祥得很。越看越担心，越想越害怕，觉得险象丛生，到处都有倒塌的可能！他不知道怎么办，就选定了一处，用手电照着（天已经擦黑了，月亮刚上来），定定地守着它看，看看它有什么变化没有。看了半天，似乎没有什么变化，还是那样。他又换了几处，还是拿不准。这时恰好有一个晚归的工人老李远远地走过来——小吕听得出他咳嗽的声音，他问：

"小吕？你在干啥呢？——看水？"

小吕连忙拉住他：

"老李！这要紧不要紧？"

老李看了看：

"嗐！没关系！这水流了几天了，渠沉住气了，不碍事！你不要老是这样跑来跑去。一黑夜哩，老这么跑，不把你累死啦！找个地方坐下歇歇！隔一阵起来看看就行了！哎！"

小吕就像他正在看着的《水浒传》上的英雄一样，在心里暗道了一声“惭愧”，同时又念了一声“阿弥陀佛！”——小吕这一阵不知从哪里学了这么一句佛号，一来就是“阿弥陀佛！”

小吕并没有坐下歇歇，他还是沿着支渠来回遛跶着，不过心里安详多了。他走在月光照泻的渠岸上，走在斑驳的树影里，风吹着，渠根的绿草幽幽地摇拂着。他脚下是一渠流水……他觉得看水很有味道。

半夜里，大概十二点来钟（根据开过去小久的上行客车判断），出了一点事。小石桥上面一截渠，从庄稼地里穿过，渠身高，地势低，春汇地的时候挖断过，填起来的地方土浮，叫水涮开了一个洞。小吕巡看到这里，用手电一照，已经涮得很深了，钻了水！小吕的心唿嗵一声往下一掉。怎么办？这时候哪里都没法去找人……小吕留心看过大工们怎么堵洞，想了一想，就依法干起来。先用稻草填进去，（他早就背来好些稻草预备着了，背得太多了！）用铁锨立着，塞紧；然后从渠底敛起湿泥来，一锨一锨扔上去——小吕深深感觉自己的胳臂太细，气力太小，一锨只能敛起那么一点泥，心里直着急。但是，还好，洞总算渐渐小了，终于填满了。他又仿照大工的样子，使铁锨拍实，抹平，好了！小吕这才觉得自己一身都是汗，两只腿甚至有点发颤了。水是不往外钻了，看起来也满像那么一回事——然而，这牢靠么？

小吕守着它半天，一会儿拿手电照照，一会儿又拿手电照照。好像是没有问题，得！小吕准备转到别处再看看。可是刚一转身，他就觉得新填的泥土像抹房的稀泥一样哗啦一下在他的身后瘫溃了，口子重新涮开，扩大，不可收拾！赶紧又回来。拿手电一照：——没有！还是挺好的！

他走开了。

过了一会，又来看看——没问题。

又过了一会，又来看看——挺好！

小吕的心塌了下来。不但这个口子挺完好，而且，他相信，再有别处钻开，他也一样能够招呼——虽然干起来不如大工那样从容利索。原来这并不是那样困难，这比想象的要简单得多。小吕有了信心，在黑暗中很有意味地点了点头，对自己颇为满意。

所谓看水，不外就是这样一些事。不知不觉地，半夜过去了。水一直流得很稳，不但没有涨，反倒落了一点，那两个志子都离开水面有一寸了。小吕觉得大局仿佛已定。他知道，过了十二点以后，一般就不会有什么大水下来，这一夜可以平安度过。现在他一点都不觉得紧张了，觉得很轻松，很愉快。

现在，真可以休息了，他开始感觉有点疲倦了。他爬上小石桥头的一棵四杈糖槭树上，半躺半坐下来。他一来时就选定了这个地方。这棵树，在不到一人高的地方岔出了四个枝杈，坐上去，正好又有靠背，又可以舒舒服服地伸开腿脚。而且坐在树上就能看得见那一根志子。月亮照在水上，水光晃晃荡荡，水面上隐隐有一根黑影。用手电一射，就更加看得清清楚楚。

今天月亮真好——快要月半了。（幸好赶上个大月亮的好天，若是阴雨天，黑月头，看起水来，就麻烦多了！）天上真干净，透明透明、蔚蔚蓝蓝的，一点渣滓都没有，像一块大水晶。小吕还很少看到过这样渊深、宁静而又无比温柔的夜空。说不出什么道理，天就是这样，老是这样，什么东西都没有，就是一片蓝，可是天上似乎隐隐地有一股什么磁力吸着你的眼睛，你的眼睛觉得很舒服，很受用，你愿意一直对着它看下去，看下去。真好看，真美，美得叫你的心感动起来。小吕看着看着，心里总像要想起一点什么很远很远的，叫人快乐的事情。他想了几件，似乎都不是他要想的，他就在心里轻轻地唱：

哎——

月亮出来亮汪汪，亮汪汪，

照见我的阿哥在他乡……

这好像有点文不对题。但是说不出为什么，这一支产生在几千里外的高山里的有点伤感的歌子，倒是他所需要的。这和眼前情景在某些地方似乎相通，能够宣泄他心里的快乐。

四周围安静极了。远远听见大闸的水响，好像很远很远，有一群人一齐在喊：“啊——”支渠里的水温静地、生气勃勃地流着，“活——活——活”。风吹着庄稼的宽大的叶片，沙拉，沙拉。远远有一点灯火，在密密的丛林后面闪耀，那是他父亲工作的医院。母亲和妹妹现在一定都睡了。他那些同屋的工人一定也都睡了。（小吕想了想现在宿舍里的样子，大家都睡得很熟，月亮照着他自己的那张空床……）一村子里的人现在都睡了（隐隐地好像听见鼾声）。露水下来了（他想起刚才堵口子时脚下所踩的草），到处都是一片滋润的，浓郁的青草的气味，庄稼的气味，夜气真凉爽。小吕在心里想：“我在看水……”过了一会，不知为什么，又在心里想道：“真好！”而且说出声来了。

小吕在树上坐了一阵，想要下来走走。他想起该到石桥底下一段渠上看看。这一段二里半长的渠，春天才挑过，渠岸又很结实，没有什么问题。但是渠水要穿过兽医学校后墙的涵洞，洞口有一个铁篦子，可能会挂住一些顺水冲下来的枯枝乱草，叫水流得不畅快。小吕翻身跳下来，扛起插在树下的铁锨，向桥下走去。

下了石桥，渠水两边都是玉米地。玉米已经高过他的头了，那么大一片，叶子那么密，黑森森的，小吕忽然被浓重的阴影包围起来，身上有点紧张。但是，一会儿，就好了。

小吕一边走着，一边顺着渠水看过去。他看小鱼秧子抢着往水上窜；看见泥鳅翻跟斗；看见渠岸上一个小圆洞里有一个知了爬出来，脊背上闪着金绿色的光，翅膀还没有伸展，还是湿的，软的，乳白色的。看见虾蟆叫。虾蟆叫原来是这样的！下颏底下鼓起一个白色的气泡，气泡一息：——“呱！”鼓一鼓——“咶！”鼓一鼓——“咶！”这家伙，那么专心致意地在叫，好像天塌下来也挡不住它似的。小吕索性蹲下来，用手电直照着它，端详它老半天。赫嗨，全不理会！这一片地里，多少虾蟆，都是这么叫着？小吕想想它们那种认真的、滑稽的样子，不禁失笑。——那是什么？是蛇？（小吕有点怕蛇。）渠面上，月光下，一道弯弯的水纹，前面昂起一个小脑袋。走近去，定睛看看，不是蛇，是耗子！这小东西，游到对岸，爬上来，摇摇它湿漉漉的，光光滑滑的小脑袋，跑了！……

小吕一路迤逦行来，已经到了涵洞前面。铁箆子上果然壅了一堆烂柴禾——大工们都管这叫“渣积”，不少！小吕使铁锨推散，再一锨一锨地捞上来，好大一堆！渣积清理了，水好像流得快一些了，看得见涵洞口旋起小小的漩涡。

没什么事了。小吕顺着玉米地里一条近便的田埂，走回小石桥。用手电照了照志子，水好像又落了一点。

小吕觉得，月光暗了。抬起头来看看。好快！它怎么一下子就跑到西边去了？什么时候跑过去的？而且，好像灯尽油干，快要熄了似的，变得很薄了，红红的，简直不亮了，好像它疲倦得不得了，在勉强支撑着。小吕知道，快了，它就要落下去了。现在大概是夜里三点钟，大老张告诉过他，这几天月亮都是这时候落。说着说着，月亮落了，好像是噔噜一下子掉下去似的。立刻，眼前一片昏黑。

真黑！这是一夜里最黑的时候。小吕一时什么也看不见了，过了一会，才勉强看得见一点模模糊糊的影子。小吕忽然觉得自己也疲倦得不行，有点恶心，就靠着糖槭树坐下来，铁锹斜倚在树干上。他的头沉重起来，眼皮直往下搭拉。心里好像很明白，不要睡！不要睡！但是不由自主。他觉得自己直往一个深深的、黑黑的地方掉下去，就跟那月亮似的，拽都拽不住，他睡着了那么一小会。人有时是知道自己怎么睡着了的。

忽然，他惊醒了！他觉得眼前有一道黑影子过去，他在昏糊之中异常敏锐明确地断定——狼！一挺身站起来，抄起铁锹，按开手电一照（这一切也都做得非常迅速而准确）：已经走过去了，过了小石桥。（小吕想了想，刚才从他面前走过时，只有四五步！）小吕听说过，遇见狼，不能怕，不能跑——越怕越糟；狼怕光，怕手电，怕手电一圈一圈的光，怕那些圈儿套它，狼性多疑。他想了想，就开着手电，尾随着它走，现在，看得更清楚了。狼像一只大狗，深深地低着脑袋（狗很少这样低着脑袋），搭拉着毛茸茸的挺长的尾巴（狗的尾巴也不是这样）。奇怪，它不管身边的亮光，还是那慢吞吞地，不慌不忙地走，既不像要回过头来，也不像要拔脚飞跑，就是这样不声不响地，低着头走，像一个心事重重，哀伤憔悴的人一样。——它知道身后有人么？它在想些什么呢？小吕正在想：要不要追上去，揍它？它走过前面的路边小杨树丛子，拐了弯，叫杨树遮住了，手电的光照不着它了。小吕忖了忖手里的铁锹：算了！那可实在是很危险！

小吕在石桥顶上站了一会，又回到糖槭树下。他很奇怪，他并不怎么怕。他很清醒，很理智。他到糖槭树下，采取的是守势。小吕这才想起，他选择了这个地方休息，原来就是想到狼的。这个地方很保险：后面是渠水，狼不可能泅水过来；他可以监视着前面的马路；万一不行——上树！

小吕用手电频频向狼的去路照射。没有，狼没有回来。

无论如何，可不敢再睡觉了！小吕在糖槭树下来回地走着。走了一会，甚至还跑到刚才决开过，经他修复了的缺口那里看了看。——一边走，一边不停地用手电四处照射。他相信狼是不会再回来了；再有别的狼，这也不大可能，但是究竟不能放心到底。

可是他越来越困。他并不怎么害怕。狼的形象没有给他十分可怕的印象。他不大因为遇见狼而得意，也不因为没有追上去打它而失悔，他现在就是困，困压倒一切。他的意识昏木起来，脑子的活动变得缓慢而淡薄了。他在竭力抵抗着沉重的、酸楚的、深入骨髓的困劲。他觉得身上很难受，而且，很冷。他迷迷糊糊地想：我要是会抽烟，这时候抽一支烟就好了！……

好容易，天模糊亮了。

更亮了。

亮了！远远近近，一片青苍苍的，灰白灰白的颜色，好像天和地也熬过了一夜，还不大有精神似的。看得清房屋，看得清树，看得清庄稼了。小吕看着他看过一夜的水，水发清了，小多了，还不到半渠，露出来一截淤泥的痕迹，流势很弱，好像也很疲倦。小吕知道，现在已经流的是“空渠水”，上游的拦河坝又封起了，不到一个小时，这渠里的水就会流完了的。——得再过几个钟头，才会又有新的水下来。果园的地大概浇完了，这点水该够用了吧？……一串铜铃声，有人了！一个早出的社员，赶着一头毛驴，驴背上驮着一个线口袋，里边鼓鼓囊囊，好像是装的西葫芦。老大爷，您早哇！好了，这真正是白天了，不会再有狼，再有漫长的、难熬的黑夜了！小吕振作一点起来。——不过他还是很困，觉得心里发虚。

远远看见果园的两个女工，陈素花和恽美兰来了。她们这么早就出来了！小吕知道，她们是因为惦着他，特为来看他来了。小吕在心里很感激她们，但是他自己觉得那感激的劲头很不足，他困得连感激也感激不动了。

陈素花给他带来了两个焖得烂烂的，滚热的甜菜。小吕一边吃甜菜，一边告诉她们，他看见狼了。他说了遇狼的经过，狼的样子。他自己都有点奇怪，他说得很平淡，一点不像他平常说话那么活灵活现的。但是陈素花和恽美兰都很惊奇，很为他的平淡的叙述所感动。她们催他赶快去睡觉，说是大老张嘱咐的：叫小吕天一亮就去睡，大闸不用管了，会有人来接。

小吕喝了两碗稀饭，爬到床上，就睡着了。睡了两个钟头，醒了。他觉得浑身都很舒服，懒懒的。他只要翻一翻身，合上眼，会立刻就睡着的。但是他看了看墙上挂的一个马蹄表，不睡了。起来，到井边用凉水洗洗脸，他向果园走去。——他到果园去干什么？

果园还是那样。小吕昨天下午还在果园的，但是不知道为什么，他好像有好久没有来了似的。似乎果园一夜之间有了一些什么重大的变化似的。什么变化呢？也难说。满园一片浓绿，绿得过了量，绿得迫人。静悄悄的。绿叶把什么都遮隔了，一眼看不出五步远。若不是远远听见有人说话，你会以为果园一个人都没有。小吕听见大老张的声音，他知道，他正在西南拐角指挥几个人锄果树行子。小吕想：他浇了一夜地，又熬了一夜了，还不休息，真辛苦。好了，今天把这点活赶完，明天大家就可以休息一天，大老张说了：全体休息！过了这阵，就可以细水长流地干活了，一年就这么几槎紧活。小吕想：下午我就来上班。大粒白的枝叶在动，是陈素花和恽美兰领着几个参加劳动的学生在捆葡萄条。恽美兰看见小吕了，就叫：

“小吕！你来干什么？不睡觉！”

小吕说：“我来看看！”

“看什么？快回去睡！地都浇完了。”

小吕穿过葡萄丛，四边看看，果园的地果然都浇了，到处都是湿湿的，一片清凉泽润、汪汪泱泱的水气直透他的脏腑。似乎葡萄的叶子都更水淋，更绿了，葡萄蔓子的皮色也更深了。小吕挺一挺胸脯，深深地吸了两口气，舒服极了。小吕想：下回我就有经验了，可以单独地看水，顶一个大工来使了，果园就等于多了半个人。看水，没有什么。狼不狼的，问题也不大。许多事都不像想象起来那么可怕……

走过一棵老葡萄架下，小吕想坐一坐。一坐下，就想躺下。躺下来，看着头顶的浓密的，鲜嫩清新的，半透明的绿叶，绿叶轻轻摇晃，变软，溶成一片，好像把小吕也溶到里面了。他眼皮一麻搭，不知不觉，睡着了。小吕头枕在一根暴出地面的老葡萄蔓上，满身绿影，睡得真沉，十四岁的正在发育的年轻的胸脯均匀地起伏着。葡萄，正在恣酣地，用力地从地里吸着水，经过皮层下的导管，一直输送到梢顶，输送到每一片伸张着的绿叶，和累累的，已经有指头顶大小的淡绿色的果粒之中。——这时候，不论割破葡萄枝蔓的任何一处，都可以看出有清清的白水流出来，嗒嗒地往下滴……

一九六二年七月二十日改成

载一九六二年第十期《北京文艺》

异秉

一天已经过去了。不管用甚么语气把这句话说出来，反正这一天从此不会再有。然而新的一页尚未盖上来，就像火车到了站，在那儿喷气呢，现在是晚上。晚上，那架老挂钟敲过了八下，到它敲十下则一定还有老大半天。对于许多人，至少在这地的几个人说起来，这是好的时候。可以说是最好的时候，如果把这也算在一天里头。更合适的是让这一段时候独立自足，离第二天还远，也不挂在第一天后头。

晚饭已经开过了。

"用过了？"

"偏过偏过，你老？"

"吃了，吃了。"

照例的，须跟某几个人交换这么两句问询。说是毫无意思自然也可以，然而这也与吃饭不可分，是一件事，非如此不能算是吃过似的。

这是一个结束，也是一个开始。

账簿都已一本一本挂在账桌旁边"钜万"斗子后头一溜钉子上，按照多少年来的老次序。算盘收在柜台抽屉里，手那么抓起来一振，梁上的珠子，梁下的珠子，都归到两边去，算盘珠上没有一个数字，每一个珠子只是一个珠子。该盖上的盖了，该关好的关好。（鸟都栖定了，雁落在沙洲上。）只有一个学徒的在“真不二价”底下拣一堆货，算是做着事情。但那也是晚上才做的事情。而且他的鼻涕分明已经吸得大有一种自得其乐的意趣，与白天挨骂时吸得全然两样。其余的人或捧了个茶杯，茶色的茶带烟火气；或托了个水烟袋，钱板子反过来才搓了的两根新媒子；坐着靠着，踱那么两步，搓一搓手，都透着一种安徐自在。一句话，把自己还给自己了。白天他们属于这个店，现在这个店里有这么几个人。

每天必到的两个客人早已来了，他们把他们的一切都带了来，他们的声音笑貌，委屈嘲讪，他们的胃气疼和老刀牌香烟都带来了。像小孩子玩“做人家”，各携瓜皮菜叶来入了股。一来，马上就合为一体，一齐渡过这个“晚上”，像上了一条船。他们已经聊了半天，换了几次题目。他们唏嘘感叹，喷啧慕响，讥刺的鼻音里有酸味，鄙夷时撇撇嘴，混和一种猥亵的刺激，舒放的快感，他们哗然大笑。这个小店堂里洋溢感情，如风如水，如店中货物气味。

而大家心里空了一块。真是虚应以待，等着，等王二来，这才齐全。王二一来，这个晚上，这个八点到十点就甚么都不缺了。

今天的等待更是清楚，热切。

王二呢，王二这就来了。

王二在这个店前廊下摆一个摊子，一个甚么摊子，这就难一句话说了。实在，那已经不能叫摊子，应当算得一个小店。摊子是习惯说法。王二他有那么一套架子，板子；每天支上架子，搁上板子：板上上一排平放着的七八个玻璃盒子，一排直立着的玻璃盒子，也七八个；再有许多大大小小搪瓷盆子，钵子。玻璃盒子里是瓜子，花生米，葵花籽儿，盐豌豆……洋烛，火柴，茶叶，八卦丹，万金油，各牌香烟……盆子钵子里是卤肚，熏鱼，香肠，煠虾，牛腱，猪头肉，口条，咸鸭蛋，酱豆瓣儿，盐水百叶结，回汤豆腐干……一交冬，一个朱红蜡笺底下洒金字小长方镜框子挂出来了，“正月初一日起新增美味羊羔五香兔腿”。先生，你说这该叫个甚么名堂？这一带人呢，就省事了，只一句“王二的摊子”，谁都明白。话是一句，十数年如一日，意义可逐渐不同起来。

晚饭前后是王二生意最盛时候。冬天，喝酒的人多，王二就更忙了。王二忙得喜欢。随便抄一抄，一张纸包了（试数一数看，两包相差不作兴在五粒以上）；抓起刀来（新刀，才用趁手），刷刷刷切了一堆（薄可透亮）；当的一声拍碎了两根骨头：“花椒盐，辣椒酱，来点儿葱花。”“好，葱花！”王二的两只手简直像做着一种熟练的游戏，流转轻利，可又笔笔送到，不苟且，不油滑，像一个名角儿。五寸盘子七寸盘子，寿字碗，青花碗，没带东西的用荷叶一包，路远的扎一根麻线。王二的钱龙里一阵阵响，像下雹子。钱龙满了时，王二面前的东西也稀疏了，搪瓷盆子这才现出它的白，王二这才看见那两盏高罩子美孚灯，灯上加了一截纸套子。于是王二才想起刚才原就一阵一阵的西北风，到他脖子里是一个冷。一说冷，王二可就觉得他的脚有点麻木了，他掇过一张凳子坐下来，膝碰膝摇他的两条腿。手一不用，就想往袖子里笼，可是不行，一手油！倒也是油才不皴。王二回头，看见儿子扣子。扣子伏在板上记账，弯腰曲背，窝成一团。这孩子！一定又是“姜陈韩杨”的“韩”字弄不对了，多一划少一划在那里一个人商量呢。

里边谈笑声音他听得见，他入神，皱眉，张目结舌，笑。他们说雷打泰山庙旗杆，这事他清楚，他很想插一句，脚下有欲动之势。还是留在凳子上吧！他不愿留下扣子一个人，零碎生意却还有几个的。

到承天寺幽冥钟声音越来越清楚，拉洋车的徐大虎子，一路在人家墙上印过走马灯似的影子，王二把他老婆送来的晚饭打开，父子两个吃起来。照例他们吃晚饭时抽大烟的“烤鸭架子”挟了个酒瓶来切搧风。放下碗，打更的李三买去羊尿泡。再，大概就不会有人来了。王二又坐了一会，今天早一点吧，趁三碗饭的暖气未消，把摊子收拾了，一件一件放到店堂后头过道里来。

王二东西多，他跟扣子两个人还得搬三四趟。店堂里这几位是每天看熟了，然而他们还是看，看他过来，过去，像姑娘看人家发嫁妆。用手用脚的是这两个人，然而好像大家全来合作似的。自然这其间淡漠热烈程度不同。最后至那块镜框子摘下来，王二从过道里带出一捆白天买好的葱。王二把他的葱放在两脚之间而坐下了。坐在那张空着的椅子上。

“二老板！生意好？”

“托福托福，甚么话，‘二老板！’不要开玩笑好不好！”

王二这一坐下，大家重新换了一遍烟茶：王二一坐下，表示全城再没有甚么活动了。灯火照在人家槅子纸上，河边园上乌青菜叶子已抹了薄霜。阻风的船到了港，旅馆子茶房送完了洗脚汤。知道所有人都已得到舒休，这教自己的轻松就更完全。

谈话承前启后的接下来。

这里并未“多”这么一个王二。无庸为王二而把一套话收起来，或特为搬出一套。而且王二来，说话的人高兴，高兴多了一个人听。不止多了一个人听，是来了个听话的人。王二从不打断别人的话，跟人抬杠，抢别人的话说。他简直没有甚么话，听别人的。王二总像知道得那么少，虚怀若谷地听，听得津津有味，“唉”“噢”，诚诚恳恳的惊奇动色，像个小孩子。最多，比方说像雷打泰山庙旗杆，他知道，他也让你说，末了他补充发挥几句，而已。王二他大概不知道谦虚这两个字到底该怎样讲，可是他就谦虚得到了家了。

这里的人，自然不会有甚么优越感。王二呢，他自己要自己懂得分寸。这里几位，都是店里的“先生”，两个客人，一个在外地做过师爷，看过琼花观的琼花；一个教蒙馆，他儿子扣子都曾经是他学生。王二知道自己决写不出一封“某某仁翁台电”的信，用他自己的话说，“不敢乱来”。

叫一声“二老板”的，当然有一种调侃的意思在。不过这实在全非恶意，叫这么一声真是欢欢喜喜的。为王二欢喜，简直连嫉妒的意思都没有。那个学徒的这时把货拣完了，一齐掳到一张大匾子里。他看过《老申报》，晓得一个新名词，他心里念“王二是个‘幸运儿’”。他笑，笑王二是个幸运儿，笑他自己知道这三个字。

王二真的是不敢当。他红了若干次脸才能不红。（他是为“二老板”而红脸。）

王二随时像做官的见上司一样，不落落实实地坐，虽然还不至于“斜签着”。即是跟他儿子，他老婆在一处，甚至一个人，他也从不往椅子背上一靠，两条腿伸得挺挺的。他的胳臂总是贴着他的肋骨。他说话时也兴奋，激动，鼓舞，但动跳的是他的肌肉，他的心，他不指手画脚，有为加重语气而来一个响榧子。他吃饭，尽管甚么事都没有，也是赶活儿一样急急吃了。喝茶，到后头大锡壶里倒得一杯，咕噜噜灌下去，不会一口一口的呷，更不会一边呷，一边把茶杯口在牙齿上轻轻的叩。就说那捆葱，他不会到临走时再去拿吗？可他不，随手就带了来。王二从不缺薄，谢三秀才就是谢三秀才，不是甚么“黑漆皮灯笼谢三秀才”。他也叫“烤鸭架子”为“烤鸭架子”，那是因为“烤鸭架子”姓名久经湮没，王二无法觅访也。

“王二的摊子”虽然已经像一个小店了，还是“王二的摊子”。

今天实在是王二的摊子最后一天了。明天起世界上就没有王二的摊子。

王二赁定了隔壁旱烟店半间门面。旱烟店虽还开着门，这两年来实在生意清淡，本钱又少，只能养两个刨烟师傅，一个站柜台的伙食，王二来了，自然欢迎。老板且想到不出一年，自己要收生意，一齐顶给王二。王二的哥哥王大是个挑箩的，也对付着能做一点木匠活。（王大、王二原不住在一起，这以后，王二叫他搬到他家里来住。）已经丁丁东东的弄了两天，一个小柜台即将完成。王二又买了十几个带盖子的洋油铁箱，一口玻璃橱子，一张小桌子，扣子可以记记账。准备准备，三天之后即可搬了过去。

能不搬，王二决不搬。王二在这个檐下吹过十几个冬天的西北风，他没有想到要舒服舒服。这么一丈来长，四尺宽的地方他爱得很。十几年来他在一定时候，依一定步骤在这里支开架子，搁上板子，那里地上一个坑，该垫一个砖片，那里一根椽子特别粗，他熟得很。春天燕子在对面电话线上唧唧呱呱，夏天瓦沟里长瓦松，蜘蛛结网，壁虎吃苍蝇，他记得清清楚楚。晚上听里边说话已成了个习惯。要他离开这里简直是从画儿上剪下一朵花来。而且就这个十几年里头，他娶了老婆生了扣子，扣子还有个妹妹。他这些盒子盆子一年一年多起来，满起来。可是就因为多起来满起来，他要搬家了。这么点地方实在挤得很。这些东西每天搬进搬出，在人家那儿堆了一大堆也过意不去。风沙大，雨大，下雪的时候，化雪的时候，就别提多不方便了。还有，他不愿意他的扣子像他一样在这个檐下坐一辈子。扣子也不小了。

你不难明白王二听到“二老板”时心里一些综错感情。

于是王二搬家了。王二这就不再在店前摆摊子了。

虽然只隔一层墙，究竟是个分别。王二没事时当然会来坐坐，晚上尤其情不自禁的要溜过来的，但彼此将终不免有一分冷清。王二现在来，是来辞行了。他们没有想到这四个字：依依不舍，但说出来就无法否认，虽然只一点点，一点点，埋在他们心里。人情，是不可免的。只缺少一个倾吐罢了。然而一定要倾吐么?

王二呢，他是说来谈谈的。“谈谈”的意思是商量一点事情，甚么事情王二都肯听听别人意见。今天更有须要向人请教的。他过三天。大小开了一爿店。是店得有个字号。这事前些日子大家早就提到过。

“二老板！黑漆招牌金漆字，如意头子上扎红彩。写魏碑的有崔老夫子，王二太爷石门颂。四个吹鼓手，两根杠子，嗨唷嗨唷，南门抬到北门！从此青云直上，恭喜恭喜！”

王二又是“托福托福，莫开玩笑”。自然心里也有些东西闪闪烁烁翻动。招牌他不想做，但他少不了有些往来账务，收条发单，上头得有个图章。他已经到市场逛了逛，买了两本蓝油夏布面子的新账本，一个青花方瓷印色盒子。他一想到扣子把一方万胜边枣木戳子蘸上印色，呵两口气，盖在一张粉莲纸上，他的心扑通扑通直跳，他一直想问问他们可给他斟酌定了，不好意思。现在，他正在盘算着怎么出口。他嘀咕着：“明天，后天，大后天，哎呀！——”他着急要来不及了。刻图章的陈老三认识，赶是可以赶的，总不能弄到最后一天去。他心里有事，别人说甚么事，那么起劲，他没听到。他脸上发热，耳朵都红了。

教蒙馆的陆先生叫了一声，

“王老二！”

“喨，甚么事陆先生？”

“你的那个字号啊——”

“咹。”

“我们大家推敲过了。”

“承情承情！”

“乾啦，泰啦，丰啦，隆啦，昌啦……都不大合适，这个，这个，你那个店不大，怕不大称。（王二正想到这个。）你末，叫王义成，你儿子叫王坤和，你不是想日后把店传给儿子吗，我们觉得还是从你们两个名字当中各取一个字，就叫王义和好了。你这个生意路宽，不限甚么都可以做，也不必底下再赘甚么字，就叫‘王义和号’好了。如何，你以为？”

王二一句一句的听进去，他听王少堂说“武十回”打虎杀嫂也没这么经心，他一辈子没听过这么好听的声音，陆先生点火吃烟，他连忙：

“好极了，好极了。”

陆先生还有话:

“图章呢，已经给你刻好了，在卢先生那儿。”

王二嘴里一声“啊——”他说不出话来。这他实在没有想到！王二如果还能哭，这时他一定哭。别人呢，这时也都应当唱起来。他们究竟是那么样的人，感情表达在他们的声音里，话说得快些，高些，活泼些。他们忘记了时间，用他们一生之中少有的狂兴往下谈。扣子已经把一盏马灯点好，靠在屏门上等了半天，又撑开罩子吹熄了。

自然先谈了许多往事。这里有几个老辈子，事情记得真清楚。王二父亲甚么时候死的，那时候他怎么瘦得像个猴子，到粥厂拾个粮子打粥去。怎么那年跌了一交，额角至今有个疤，怎么挎了个篮子卖花生，卖梨，卖柿饼子，卖荸荠；怎么开始摆熏烧摊子……王二痛定思痛，简直伤心，伤心又快乐，总结起来心里满是感激。他手里一方木戳子不歇的掂来掂去。

“一切是命。八个字注得定定的。抬头朱洪武，低头沈万山，猴一猴是个穷范单。除了命，是相。耸肩成山字，可以麒麟阁上画图。朱洪武生来一副五岳朝天的脸！汉高祖屁股上有七十二颗黑痣，少一颗坐不了金銮宝殿！一个人多少有点异像，才能发。”

于是谈了古往今来，远山近水的穷达故事。

最后自然推求王二如何能有今天了。

王二这回很勇敢，用一种非常严肃的声音，声音几乎有点抖，说：

“我呀，我有一个好处：大小解分清。大便时不小便。喏，上毛房时，不是大便小便一齐来。”

他是坐着说的，但听声音是笔直的站着。

大家肃然。随后是一片低低的感叹。

这时门外一声：

“爹！你怎么还不回去？”

来的是王二女儿，瘦瘦小小，像她爹，她手里一盏灯笼，女儿后面是他哥哥王大，王大又高又大，一脸络腮胡子，瞪着两眼。

那架老钟抖抖擞擞的一声一声的敲，那个生锈的钢簧一圈一圈振动，仿佛声音也是一个圈一个圈扩散开来，像投石子水，颤颤巍巍。数。铛——铛——铛——铛……一共十下。

王二起来。

“来了来了。这么冷的天，谁教你来的！”

“妈！”

忽然哄堂大笑。

“少陪少陪。”

王二走了一步，又站着：

“大后儿，在对面聚兴楼，给个脸，一定到，早到，没有甚么菜，喝一杯，意思意思，那天一早晨我来邀。

“少陪你老。少陪，卢先生。少陪，陆先生……

“扣子！把妹妹手上灯笼接过来！马灯不用点了，我拿着。”

大家目送王二一家出门。

街上这时已断行人，家家店门都已上了。门缝里有的尚有一线光透出来。王二一家稍为参差一点的并排而行。王大在旁，过来是扣子，王二护定他女儿走在另一边。灯笼的光圈晃，晃，晃过去。更锣声音远远的在一段高高的地方敲，狗吠如豹，霜已经很重了。

“聋子放炮仗，我们也散了。”师爷与学究连袂出去，这家店门也阖起来。

学徒的上茅房。

十二月三日写成。上海。

载一九四八年第二卷第十期《文学杂志》

辑三

大淖记事

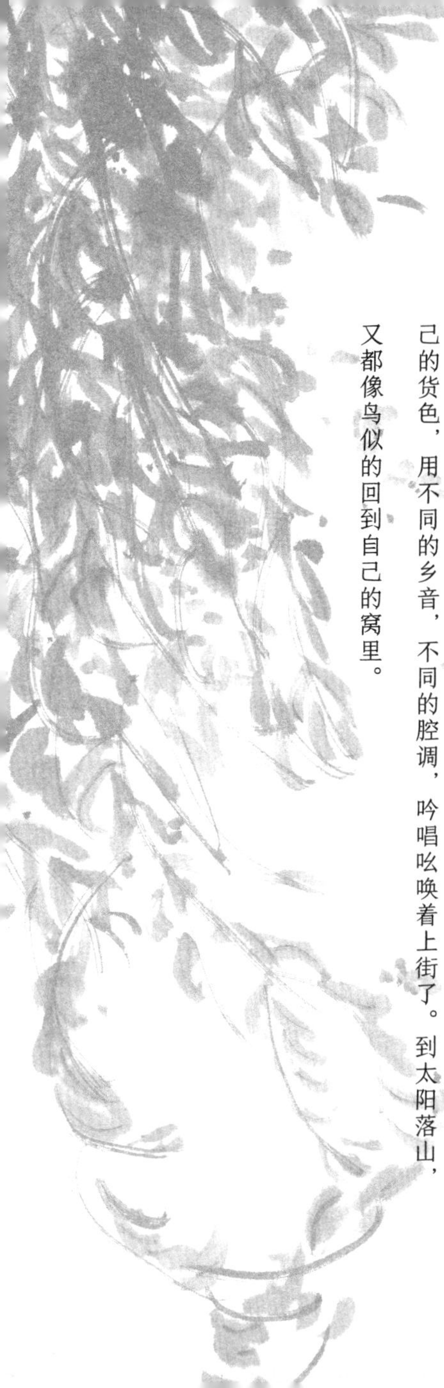

他们都是日出而作，日入而息。吃罢早饭，各自背着、扛着、挎着、举着自己的货色，用不同的乡音，不同的腔调，吟唱吆唤着上街了。到太阳落山，又都像鸟似的回到自己的窝里。

鸡鸭名家

刚才那两个老人是谁?

父亲在洗刮鸭掌，每个蹠蹼都撑开细细看过，是不是还有一丝泥垢，一片没有刮尽的皮，样子就像是作着一件精巧的手工似的。两付鸭掌，白白净净，一只一只，妥妥停停的一排。四个鸭翅，也白白净净，一只一只，妥妥停停一排。看起来简直绝对想不到那是从一只鸭子身上取下来的，仿佛天生成这么一种好吃东西，就这样生的就可以吃了，入口且一定爽糯鲜甜无比，漂亮极了，可爱极了。我忍不住伸手用指头去捏捏弄弄，觉得非常舒服。鸭翅尤其是血色和匀丰满而肉感。就是那个教我拿着简直无法下手的鸭肫，父亲也把它处理得极美，他握在手里，掂了一掂，“真不小，足有六两重！”用他那把角柄小刀从栗紫色当中闪着钢蓝色的那儿一个微微凹处轻轻一划，一翻，蓝黄色鱼子状的东西绽出来了。“你说脏，脏甚么！一点都不！”是不脏，他弄得教我觉得不脏，我甚至没有觉得臭味。洗涮了几次，往鸭掌鸭翅之间一放，样子名贵极了，一个甚么珍奇的果品似的。我看他作这一切，用他的洁白的，熨贴的，然而男性的，有精力，果断，可靠的手作这一切，看得很感动。王羲之论钟张书，“张精熟过人”，又曰“须得书意转深，点画之间皆有意，自有言所不得尽其妙者，事事皆然”。“精熟”“有意”，说得真好。我追随他的每一动作，以心，以目，正如小时，看他作画。父亲一路来直称赞鸡鸭店那个伙计，说他拗折鸭掌鸭翅，准确极了，轻轻一来，毫不费事，毫不牵皮带肉，再三赞叹他得着了“诀窍”，所好者技，进乎道矣，相信父亲自己落到鸡鸭店作伙计，也一定能作到如此地步的！

这个地方鸡鸭多，鸡鸭店多，教门馆子多，一定有不少回回。回回多，当有来历，是一颇有兴趣的问题，我们家乡信回教的极少，数得出来的，鸡鸭店则全城似只一家。小小一间铺面，干净而寂寞，经过时总为一种深刻印象所袭，一种说不出来的东西与别人家截然不同。铺子在我舅舅家附近，出一个深巷高坡，上了大街，拐角上第一家就是。主人相貌奇古，一个非常的大鼻子，真大！鼻子上一个洞，一个洞，通红通红，十分鲜艳，一个酒糟鼻子。我从那一个鼻子上认得了什么叫酒糟鼻子。没有人告诉过我，我无师自通，一看见那个鼻子就知道了：“酒糟鼻子！”日后我在别处看见了类似而远比不上的鼻子，我就想到那个店主人。刚才在鸡鸭店我又想到那个鼻子！从来没有去买过鸡鸭，不知那个鼻子有没有那样的手段？现在那个人，那爿店，那条斜阳古柳的巷子不知如何了……

一串螃蟹在门后叽哩咕噜吐着泡沫。

打气炉子呼呼的响。这个机械文明在这个小院落里也发出一种古代的声音，仿佛是《天工开物》甚至《考工记》上的玩意了。

一声鸡啼。一个金彩烂丽的大公鸡，一只很好的鸡，在小天井里徘徊顾盼，高傲冷清，架上两盆菊花，一盆晓色，一盆懒梳妆。——大概多数人一定欣赏懒梳妆名目，但那不免过于雕琢著意，太贴附事实，远不比晓色之得其神理，不落形象，妙手偶得，可遇不可求。看过又画过这种花的就可以晓得，再没有比这更难捉摸的颜色了，差一点就完全不是那回事！天晓的颜色是甚么样子呢，可是一看到这种花叆叆叇叇，清新醒活的劲儿，你就觉得一点不错，这正是"晓色"！心中所有，笔下所无的两个字。

我们刚回来一会儿，买了鸭翅，鸭掌，鸭舌，鸭肫，八只蟹，青菜两棵，葱一小把，姜一块回来，我来看父亲，父亲整天请我吃，来了几天，吃了几天。昨天晚上隔了一层板壁，他睡在外面房间，我睡在里头，躺在床上商议明天不出去吃了，在家里自己作。不要多，菜只要两个，一个蟹，蒸一蒸，不费事——喝酒；一个舌掌汤，放两个菜头烩一烩——吃饭。我父亲实在很会过日子，一个人在外头，一高兴就自己作饭，很会自得其乐！——那几只蟹买得好，在路上已经有两个人问过，好大蟹，甚么地方买的，多少钱一斤，很赞许的样子，一个老先生，一个女人，全都自然极了，亲切极了，可是我们一点也不认识，真有意思！大都市里恐怕很少这种情形了。

那两个老人是谁呢，父亲跟他们招呼的，在沙滩上？——

街上回来，行过沙滩。沙滩上有人分鸭子。三个——后来又来了一个，四个，四个汉子站在一个大鸭圈里，在熙熙攘攘的鸭子里，一个一个，提起鸭脖子，看一看，分别丢在四边几个较小鸭圈里。看的甚么？——四个人都是短棉袄。有纽子扣得好好的，有的只掖上，下面皆系青布鱼裙，这一带江边湖边，荡口桥头，依水而住，靠水吃水的人，卖鱼的，贩菱藕的，收鸡头芡实，经营芦柴茭草生意的，类多有这么一条青布裙子。昨天在渡口市滩看见有这种裙子在那儿卖，我说我想买一条，父亲笑笑。我要当真去买，人家不卖，以为我是开玩笑的。真想看一个人走来讨价还价，说好说歹，这一定是很值得一看的。然而过去又过来，那两条裙子竟是原样放着，似乎没有人抖开前前后后看过！这种裙子穿在身上，有甚么好处，甚么方便，有甚么感情洋溢出来呢？这与其说是一种特别装束，不如说是一种特别装束的遗制，其由来盖当相当古远，似乎为了一点纪念的深心！他们才那么爱好这条裙子，和头上那种瓦块毡帽。这么一打扮，就“像”了，所有的身份就都出来了。“我与我周旋久，宁作我”，生养于水的，必将在水边死亡，他们从不梦想离开水，到另一处去过另外一种日子，他们简直自成一个族类，有他们不改的风教遗规。看的是鸭头，分别公鸭母鸭？母鸭下蛋，可能价钱卖得贵些？不对！鸭子上了市，多是卖给人吃，养老了下蛋的十只里没有一只。要单别公母，弄两个大圈就行了，把公的赶到一边，剩下不就全是母的了，无须这么麻烦。是公是母，一眼还不就看出来，得要那么捉起来放到眼前认一认么？那几个小圈里分明灰头绿头都有。——沙滩上悠悠窅窅，安静极了，然而万籁有声，江流浩浩，飘忽着一种广大深微的呼吁，一种半消沉半积极的神秘意向，极其悄怆感人。东北风。交过小雪了，真的入了冬了，可是江南地暖，虽已至“相逢不出手”时候，身体各处却还觉得舒舒服服，饶有清兴，不很肃杀。天有默阴，空气里潮润润的。新麦，旧柳，抽了卷须的豌豆苗，散过了絮的蒲公英，全都欣然接受这点水气，很久没有下雨。鸭子似乎也很满意这样的天气，显得比平常安静得多。脖子被提起来，并不表示抗议——也由于那几个鸭贩子提得是地方，一提起，就势儿就摔了过去，不致令它们痛苦，甚至那一摔还会教它们得到筋肉伸张的快感，所以往来走动，煦煦然很自在的样子，一点也看不出悲惨。人多以为鸭子是很会唠叨的动物，其实鸭子也有默处的时候，不过这么一大群鸭子而能如此雍雍雅雅，我还从未见过！它们今天早上大都得到一顿饱餐了罢。——甚么地方来了一阵煮大麦芽的气味，香得很，一定有人用长柄大铲子慢慢的搅和着，就要出糖了。——是称称斤量，分开新鸭老鸭？也不对。这些鸭子全差不多大，没有问题，全是今年养的，生日不是四月就是五月初头，上下差也差不了几天。骡马看牙口，鸭子不是骡马。要看，也得叫鸭子张嘴，而鸭子嘴全闭得扁扁的！黄嘴也扁扁的，绿嘴也扁扁的。掰开来看全都是一圈细锯齿，它的板牙在肚子里，膝囊里那堆石粒子！嘴上看甚么呢？——我已经断定他们看的是鸭嘴。看甚么呢？哦，鸭嘴上有点东西！有一个一个印子，刻出来的。有的是一道，有的两道，有的一个十字叉叉，那个脸红通通的小伙子（他棉袄是新的，鞋袜干干净净，他不喝酒，不赌钱，他是个好“儿子”，他有个很疼爱他的母亲。我并不嫉妒你），尽挑那种嘴上两道的。这是记认。这一群鸭子不是一家养的，主人相熟，一伙运过江来，搅乱了，现在再分开各自出卖。对了，不会错的，这个记认作得实在有道理。

江边风大，立久了究竟有点冷，走罢。

刚才运那一车子鸡的夫妻俩不知到了那里。一板车的鸡，一笼一笼堆得高高的。这些鸡算不算他们自己的？算他们的，该不坏了，很值几文呢。看样子似不大像，他们穿得可大不齐整。这是作活，不是上庙烧香，不是回娘家过节，用不着打扮，也许。这付板车未免太笨重了一点，车本身比那些鸡一定重得多。——虽然空车子拉起来一定又觉得很轻松的。我起初真有点不平，这男人岂有此理，让女人在前头拉，自己提了两个看起来没有多大分量的蒲包在后头自自在在的踱方步，你就在后头推一把也不妨呀！父亲不说甚么，很关心的看他们过去。一直到了快拐弯的地方，我们一相视，心里有同样感动了。这一带地怎么那么不平，那么多的坑！车子拉动了之后，并不怎么费力的，陷在坑里要推上来才不容易。一下子歪倒了，赶紧上去救住，不但要气力，而且要机警灵活，压着撞着都不轻。这一下子，够受的！他抵住了，然而一个轮子还是上不来。我们走过来，两个老人也跑了过来。我上去推了一把，毫无用处，还是老人之一检了一块砖煞住一个老往后滑的轮子，那个男人（我现在觉得他很伟大，很敬佩他），发一声喊，车子来了！不该走这条路的，该稍为绕绕，旁边不还稍为平点么。她是没有看到？是想一冲冲过去的？他要发脾气了，埋怨了！然而他没有，不但脸上没有，心里也没有。接过女人为他拾回来的落掉的瓦块帽子，掸一掸草屑，戴上，“难为了，”又走了，车子吱吱吜呾拉了过去。我这才听见，怎么刚才车轴似乎没有声音呢？加点油是否好些？他那两个蒲包里是甚么东西？鸡食？路上“歪掉”的鸡？两包盐？

我想起《打花鼓》：

恩爱的夫妻

槌不离锣

这两句老在我心里唱，连底下那个“啊呃哎”。这个“啊呃哎”一声一声的弄得我心里很凄楚起来。小时杂在商贾负贩人中听过庙戏多回，不知怎么记得这么两句《一枝花》。后来翻查过戏谱，曾记诵过《打花鼓》全出，可是一有甚么感触时仍是这两句，没头没脑的尽是哼哼。

这个记认作得实在很有道理。遍观鸭子全身，还有甚么其他地方可以作记认呢？不像鸡，鸡长大了毛色各各不同，养鸡人全都记得，在他们眼中世界上没有两只同样的鸡，（《王婆骂鸡》曲本中列鸡色目甚繁夥贴当，可惜背不全了！）偷去杀了吃掉，剥下一堆毛，他认也认得清，小鸡子则都给染了颜色，在肩翅之间，或红或绿。有老母鸡领着，也不大容易走失。染了颜色不大好看，我小时颇不赞成，但人家养鸡可不是为的给我看的！鸭子麻烦，身上不能染红绿颜色，它要下水，整天浸在水里颜色要褪。到一放大毛，普天之下的鸭子就只有两种样子了，公鸭，母鸭。所有的公鸭都一样，所有的母鸭也全一样。鸭子养在河里，你家养，他家养，在河里会面打伙时极多，虽然赶鸭人对自己的鸭有法调度，可是有时不免要混杂。可以作记认，一看就看出来的只有那张嘴。（沈石田画鸭，总是把鸭嘴画得比实际的要宽长些，看过他三幅有鸭子或专画鸭子的画，莫不如是。）上帝造鸭，没有想到鸭嘴有这么个用处罢。小鸭子，嘴嫩嫩的，刻起来大概很容易，用把小洋刀，钳子，钉头，或者随便甚么，甚至荆棘的刺，但没有问题，养鸭人家一定专有一个甚么东西，轻轻那么一划就成了。鸭嘴是角质，就像指甲似的没有神经，刻起来不痛。刻过的，没有刻过的，只要是一张嘴，一样的吃碎米，浮萍，蛆虫，虾虿，猫杀子罗汉狗子小鱼，鸭子们大概毫不在乎，不会有一只鸭子发现了，大叫出来，“咦，老哥，你嘴上怎么回事，雕了花？”想出这个主意的必然是个伶俐聪敏人。这四个汉子中那一个会发明出来，如果从前从未有过这么一个办法？那个红脸小伙子眼睛生得很美，很撩人的，他可以去演电影。——不，还是鱼裙瓦块帽做鸭子生意！

然而那两个老人是谁呢？

父亲揭起煨罐盖子看看，闻了闻气味，“差不多了。”把一束葱放下去，掇到另一小火的炉上闷起来，打汽炉子空出来蒸蟹。碗筷摆出来，两个杯子里酌满了酒，就要吃饭了。酒真好，我十年来没有喝过这样好酒。父亲说我来了这几天，他比平常喝得要多些，我很喜欢。

“那两个年纪大的是谁？”

“怎么——你不记得了？”

我还以为我的话问得突兀，我们今天看见过好几个老人，虽然同时看见，在一处的，只有那两个；虽然父亲跟他们招呼过，未必像我一样对他们有兴趣，一直存在心里罢。他这一反问教我很高兴，分明这是很值得记得的两个人，我的眼睛没有错，他们确是有吸引人的地方的！我以为父亲跟他们招呼时有种特殊的敬爱，也没有错，我一问，他即知道问的是谁。大概父亲也会谈起的。

“一个是余老五。”

余老五！这我立刻就知道了，是高大，广额方颡，一腮帮子白胡子根的那个。刚才我就觉得似曾相识，那里看见过的，想来想去，找不到那个名字，我还以为又是把在另一处看过的一个老人的影子错借来了。他是余老五，真不该忘记。近二十年了，我从前想过他，若是老了该是甚么样子，正是这个样子！难怪那么面熟。他不该上这里来，若在家乡街上，我能不认得？——那个瘦瘦小小，目光精利，一小撮山羊胡子，头老微微扬起，眼角微有嘲讽痕迹，行动不像是六十几的人，是——

“陆长庚。”

“陆长庚。”

“陆鸭。”

陆鸭！不过我只能说是知道他，那时候我还小——不像余老五那是天天见得到的老街坊。

说是老街坊，余大房离我们家很有一截子路，地名大淖，已经是附郭最外一圈，是这条街的尾闾了。余大房是一个炕，余老五在余大房炕房当师傅。他虽姓余，炕房可不是他开的，虽然他是这个炕房里顶重要的一个人。老板或者是他一宗，恐怕相当远，不大清楚了。大淖是一片大水，由此可至东北各乡及下河县城水道，而水边有人家处亦称大淖。这是个很动人的地方，风景人物皆极有佳胜处，产生故事极多。在这里出入的，多是那种戴瓦块毡帽系鱼裙朋友。用一个小船在河心里顺流而下，可以看到垂杨柳，脆皮榆，茅棚瓦屋之间高爽地段常有一座比较齐整的房子，两边墙上粉得雪白，几个黑漆大字，显明阅目，一望可见。夏天外头多用芦席搭一个凉棚，绿缸中渍着凉茶，冬天照例有卖花生薄脆的孩子在门口踢毽子，树顶常飘有做会的纸幡或红绿灯笼的那是“行”。一种是鲜货行，代客投牙买卖鱼虾水货，荸荠慈菇，芋艿山药，鸡头薏米，种种杂物。一种是鸡鸭蛋行。鸡鸭蛋行旁边常常是一爿炕房。炕房无字号，多称姓某几房，似颇有古意，而余大房声誉最著，一直是最大的一家。

余老五整天没有甚么事情，老看他在街上逛来逛去，而且到哪里提了他那把紫砂茶壶，坐下来就聊，一聊一半天。而且好喝酒，一天两顿，一顿四两。而且好管闲事，跟他毫无关系的事，他也要挤上来说话。而且声音奇大，这条街上一爿茶馆里随时听见他的声音。有时炕房里差个小孩子来找他有事，问人看见没有。答话人常是“看没有看见，听倒听见的。再走过三家门面，你把耳朵竖起来，找不到，再回来问我”。他一年闲到头，吃，喝，穿，用，全不缺。余大房养他。只有春夏之间，不大看见他影子了。

不知多少年没有吃那种“巧蛋”了。巧蛋是孵小鸡没有孵出来的蛋。不知甚么道理，常常有些小鸡长不全，多半是长了一个小头，下面还是个蛋，不过颜色已变，黄黄的，上面略有几根毛丝；有的甚至连翅膀也全了。只是出不了壳。出不了壳，是鸡生得笨，所以这种蛋也称为“拙蛋”，说是小孩吃不得的，吃了书念不好。可是通常反过来，称为“巧蛋”了，念书的孩子也就马马虎虎准许吃了，虽然并不因为带一个巧字而鼓励孩子吃。这东西很多人不吃的。因为看上去有点发酥发麻，想一想也怪不舒服。对于不吃的人，我并不反对。有人很爱，到时候千方百计的去找。很惭愧，我是吃过的，而且只好老实说，味道很不错。吃都吃过了，赖也赖不掉，想高雅也高雅不起来了。——吃巧蛋的时候，看不见余老五了，清明前后，正是炕鸡子的时候。接着，又得炕小鸭子，四月。

蛋先得挑一挑，那多是蛋行里人的责任，哪一路，哪一路收来的蛋，他们都分得好好的，鸡鸭也有“种口”，哪一种容易养，哪一种长得高大，哪一种下得蛋，他们全知道。分好了，剔一道，薄壳，过小，散黄，乱带，日久，全不要。再就是炕房师傅的事了。在一间暗屋子里，一扇门上开一个小圆洞，蛋放在洞上，闭一只眼睛，睁一只眼睛反复映看，谓之“照蛋”。第一次叫“头照”。头照是照“珠子”，照蛋黄中的胚珠，看受过精没有，用他们说法，是看有过公鸡，或公鸭没有。没有过公鸡公鸭的，出不了小鸡小鸭。照完了，这就“下炕”了。下炕后三四天（他们是论时辰的，不会这么含糊，三四天是我的印象），取出来再照，名为“二照”，二照照珠子“发饱”没有。头照很简单，谁都作得来，不用在门洞上，用手轻握如筒，蛋放在底下，迎着亮，转来转去，就看得出有没有那么一点了。二照比较要点功夫，胚珠是否隆起了一点，常常不容易断定。二照剔下来的蛋拿到外头卖，还是一样，一点看不出是炕过的。二照之后，三照四照，隔几天一次，三四照之后的蛋就变了，到知道炕里蛋都在正常发育，就不再动它，静待出炕“上床”。

下了炕之后，不大随便让人去看。下炕那天照例三牲五事，大香大烛，燃鞭放炮，磕头拜敬祖师菩萨，很隆重庄严。炕一年就作一季生意，赚钱蚀本就看这几天。但跟余老五熟识，尤其是跟父亲一起去，就可以走进炕边看看。所谓“炕”是一口一口缸，里头涂糊泥草，下面不断用火烘着。火要微微的，保持一定温度。太热了一炕蛋就都熟了，太小也透不进去。甚么时候加点糠或草，甚么时候去掉一点，这是余老五职分。那两天他整天不离开一步。许多事情不用他下手，他只须不时看一看，吩咐两句话，有下手从头照着作。余老五这可显得重要极了，尊贵极了，也谨慎极了，还温柔极了。他说话细声细气，走路也轻轻的，举止动作，全跟他这个人不相称。他神情很奇怪，像总在谛听着甚么似的，怕自己轻轻咳嗽也会惊散这点声音似的，聚精会神，身体各部全在一种沉湎，一种兴奋，一种极度敏感之中。熟悉炕房情形的人，都说这行饭不容易吃，一炕下来，人要瘦一套，吃饭睡觉也不能马虎一刻，这样前前后后半个多月！从前炕房里供余老五抽烟的。他总是躺在屋角一张小床上抽烟，或者闭目假寐，不时就壶嘴喝一口茶，哑哑的说一句甚么话。一样借以量度的器械都没有，就凭他这个人，一个精细准确而复杂多方的“表”，不以形求，全以神遇，用他的下意识来判断一切。这才是目睹身验着一个一个生命怎么完成，多有意思的事情！炕房里暗暗的，暖洋洋的，空气里潮濡濡的，笼着一度暧昧含隐的异样感觉，怔怔悸悸，缠绵持续，惶恐不安，一种怀春含情的感觉。余老五也真是有一种“母性”，虽然这两个字不管用在从前一腮帮子黑胡根子，还是现在一腮帮子白胡根子的余老五身上，都似颇为滑稽。

蛋炕好了，放在一张一张木架上，那就是“床”。床上垫棉花，放上去，不多久，就“出”了，小鸡子一个一个啄破蛋壳，啾啾叫起来。听到这声音，老板心里就开了花，而余老五眼皮一搭拉，已经沉沉睡去了，小鸡子在街上卖的时候，正是余老五呼呼大睡的时候。——鸭子比较简单，连床也不用上，难的是鸡。

卖小鸡小鸭是很有意思的行业。小鸡跟真正的春天一起来，气候也暖了，花也开了。而小鸭子接着就带来了夏天。“春江水暖鸭先知”，说的岂是老鸭？然而老鸭多半养在家里，在江水中游泳的似不甚多。画春江水暖诗意画出黄毛小鸭来，是极自然的，然而事实上大概是错的。小鸡小鸭都放在一个竹编浅沿有盖大圆盒子里卖，挑了各处走，似乎没有吆唤的。一路走，一路啾啾的叫，好玩极了。小鸡小鸭皆极可爱，小鸡娇弱伶仃，小鸭常傻气固执。看它们窜跑跳跃，感到生命的欢欣。提在手里，那点微微挣抗搔骚，令人心中砰砰然动，胸口痒痒的。

余大房何以生意最好？因为有一个余老五，余老五是这一行的一个“状元”。余老五何以是状元？他炕出来的小鸡跟别人家的摆在一起，来买的人一定买余老五的鸡，他的小鸡特别大。刚刚出炕的小鸡，刚从蛋里出来的，照理是一样大小，不过是那么重一个，然而余五鸡就能大些。上戥子称，上下差不多，而看上去他的小鸡要大一套！那就好看多了，当然有人买。怎么能大一套呢？他让小鸡的绒毛都出足了。鸡蛋下了炕，比如要几十个时辰，可以出炕了，别的师傅都不敢到那个最后限度，小鸡子出得了，就取出来上床，生怕火功水气错了一点，一炕蛋整个的废了，还是稳点罢，没有胆量等。余老五大概总比较多等一个半个时辰。那一个半个时辰是顶吃紧时候，半个多月功夫就在这一会现出交代，余老五也疲倦到达到极限了，然而他比平常更觉醒，更敏锐。他那样子让我想起“火眼狻猊”“金眼雕”之类绰号，完全变了一个人，眼睛陷下去，变了色，光彩近乎疯人狂人。脾气也大了，动辄激恼发威，简直碰他不得，专断极了，顽固极了。很奇怪的，他倒简直不走近火炕一步，半倚半靠在小床上抽烟，一句话也不说。木床棉絮准备得好好的，徒弟不放心，轻轻来问一句“起了罢？”摇摇头，“起了罢？”还是摇摇头，只管抽他的烟，这一会儿正是小鸡放绒毛的时候，忽而作然而起，“起！”徒弟们赶紧一窝蜂取出来，简直才放上床，就啾啾啾啾的纷纷出来了。余老五自掌炕以来，从未误过一回事，同行中无不赞叹佩服，以为神乎其技。道理是简单的，可是人得不到他那种不移的信心。不是强作得来的，是天才，是学问，余老五炕小鸭，亦类此出色。至于照蛋煨火等节目，是尤其余事了。

因此他才配提了紫砂壶到处闲聊，一事不管。人家说不是他吃老板，是老板吃着他，没有余老五，余大房就不成其为余大房了，没有余大房，余老五仍是一个余老五。甚么时候他前脚跨出那个大门，后脚就有人替他把那把紫砂壶接过去了，每一家炕房随时都在等着他。从前每年都有人来跟他谈的，他都用种种方法回绝了，后来实在麻烦不过，他开玩笑似的说："对不起，老板坟地都给我看好了！"

父亲说，后来余大房当真托人在泰山庙，就在炕房旁边，给他谈过一小块地，买成没有买成，可不知道了，附近有一片短松林，我们从前老上那儿放风筝，蚕豆花开得紫多多的，斑鸠在叫。

照说，陆长庚是个更富故事性的人，他不像余老五那么质实朴素。余老五高高大大，方肩膀，方下巴，到处去。而陆长庚只能算是矮子里的高人，属于这一带所说"三料个子"一型，眉毛稍微有点倒，小小眼睛，不时眨动，眨动，嘴唇秀小微薄而柔软，透出机智灵巧，心窍极多，不过乍一看不大看得出来，不仅是他的装束，举止言词亦带着很重的农民气质，安分，卑怯，愿谨，虽然比一般农民要少一点惊惶，而绝望得似乎更深些。就是这点绝望掩盖而且涂改了他的轻盈便捷了。他不像余老五那样有酒有饭，有保障，有寄托，他受的折磨、伤害、压迫、饥饿都多，他脸小，可是纹路比余老五杂驳，写出更多人性。他有太多没有说出来的俏皮笑话，太多没有浪费的风情，没有安慰，没有吐气扬眉，没有——我看我说得太逞兴了，过了一点分！所以为此，只因为我有点气愤，气愤于他一定有太多故事没有让我知道。余五若是个为人所敬重的人，他应当是那一带茶坊酒座，瓜架豆棚的一个点缀，是一个为人所喜爱的角色，可是我父亲知道他那点事完全是偶然；他表演了那么一回，也是偶然！

母亲故世之后，父亲觉得很寂寞无聊。母亲葬在窑庄，窑庄我们有一块地，这块地一直没有收成，沙性很重，种稻种麦，都不适宜，那么一片地，每年只得两担荒草作租谷，父亲于是想辟成一个小小农场，试种棉花，种水果，种瓜。把庄房收回来，略事装修，他平日即住在那边，逢年过节，有甚么事情才回来。他年轻时体格极强，耐得劳苦，凡事都躬亲执役，用的两个长工也很勤勉，农场成绩还不错。试种的水蜜桃虽然只开好看的花，结了桃子还不够送人的，棉花则颇有盈余，颜色丝头都好，可是因为好得超过标准，不合那一路厂家机子用，后来就不再种了。至今政府物产统计表上产棉项下还列有窑庄地方，其实老早已经一朵都没有了。不过父亲一直还怀念那个地方，怀念那一段日子，他那几年身体弄得很好，知道了许多事情，忘记了许多事情，从来没有那么快乐满足过。我由一个女用人带着，在舅舅家过，也有时到窑庄住几天，或是父亲带我去或是我自己来了，事前连通知都不通知他！

那天我去，父亲正在屋后园子里给一棵礬杏接枝。这不是接枝的时候，不过是没有事情作，接了玩玩。接枝实在是很好玩，两种不同的树木会连在一起生长，生长而又起变化，本来涩的会变甜了，本来纽子大的会有拳头大，多神奇不可思议的事！他不知接了多少，简直看见树他就想接！手续很简单，接完了用稻草一缠就可以了。不过虽是一根稻草，却束得妥贴坚牢，不会松散。削切枝条的，正是这把角柄小刀，用了这么些年了，还是刀刃若新发于硎。我来是请他回家过节，问他我们要不就在这里过节好不好。而一个长工来了：

“三爷，鸭都丢了！”

“怎样都丢了？”

这一带多河沟港汊，出细鱼细虾，是很适于养鸭地方。这块地上老佃户倪二，父亲原说留他，可是他对种棉花不感兴趣，而且怎么样也不肯相信从来没有结过棉花地方会出棉花，这块地向来只长荞麦，胡萝卜，绿豆，红毛草！他要退租，退租怎么维生？他要养鸭；鸭从来没有养过怎么行，他说从前帮过人，多少懂一点，没有本钱，没有本钱想跟三爷借，父亲觉得不能让他再种红毛草了，很对不起他，应当借给他钱。为了好玩，父亲也托他，买了一百只小鸭，贴他一点钱，由他代养。事发生手，他居然把一趟鸭养得不坏，父亲高兴，说：

“倪二，你不相信我种棉花，我也不相信你养鸭子，可是现在田里是甚么，一朵一朵白的，那是甚么？”

“是棉花。河里一只一只肥的，是——鸭子！”

“事在人为。明年我们换换手，你还是接这块地种，现在你相信它能出棉花了。我明年也来养鸭！”

父亲是真有这样意思的，地土适于植棉，已经证实，父亲并没有打算一直在这里呆下去，总得有人接过。后来田还是交给倪二了。可是因为管理不善，结出来的朵子越来越伶仃了。鸭，父亲可没有自己去养，他是劝劝倪二也还是放弃水面，回到泥土，总觉得那不大适合他，与他的脾气个性，甚至血统都不相宜，这好像有一种命定安排似的，他离不开生长红毛草的这一片地，现在要来改行已经太晚了。人究竟不像树木，可以随便接枝。即树木，有些接枝也不能生长的。站在庄头场上，或早或晚，沉沉雾霭，淡淡金光中，可以看到倪二喳喳吃吃赶着一大阵鸭子经过荡口，父亲常常要摇头。

“还是不成，不‘像’！他自己以为帮人喂过食，上过圈，一窝鸭子又养得肥壮，得意得了不得，仿佛是老行家了，可是样子总不大对。这些鸭子还没有很认得他，服他、依他，他跟鸭子不能那么完全是一家子似的。照理，都就要卖了，应当简直不用拘束，那根篙子轻易不大动了。我没有看见过赶鸭用这种神情赶鸭的！”

他把“神情”两个字说得很重，仿佛神情是个甚么可以拿在手里挥舞的东西似的。倪二老实一点，可是我父亲对他不能欣赏他是也可以感觉到的，倪二不服，他有他的话：

“三爷，您看！”

他的意思是就要八月中秋，马上就可以赶到市上变钱，今年鸡鸭上好市面，到那个时候倪二再说他当初为甚么要改业，看看倪二眼光如何，手段如何。父亲想气他一气，说：

“倪二，你知道你手里那根篙子有多重？人说篙子是四两拨千斤，是不是只有四两？”

这就非教倪二红脸不可了，伤了他的心，他那根篙子搁得实在不顶游刃得体，不够到家。不过父亲没有说，怕太损了他的尊严。

养鸭是很苦的事。种田也是很苦的事，但那是另外一种苦。问养鸭人顶苦是甚么，很奇怪的，他们回答“是寂寞”。这简直不能相信了，似乎寂寞只是坐得太久谈得太多，抽烟喝茶度日的人才有的感情，“乡下人”！会“寂寞”吗？也许寂寞是人的基本感情之一，怕寂寞是与生俱来的，襁褓中的孩子如果不是确知父母在留心着自己，他不肯一个人睡在一间屋子里。也可能这是穴居野外时对于不可知的一切来袭的恐惧心理的遗传，人总要知觉到自己不是孤身的面对整个自然。种地不是一个人的事情，车水、薅草、播种、插秧、打场、施肥，有歌声，有锣鼓，有打骂调笑，相慰相劳，热热闹闹，呼吸着人的气息。

而养鸭是一种游离，一种放逐，一种流浪。一清早，天才露白，撑一个浅扁小船，才容一人起坐，叫作“鸭撇子”，手里一根竹篙，竹篙头上系一个稻草把子或破芭蕉蒲扇，用以指挥鸭子转弯入阵，也用以划水撑船，就冷冷清清的离了庄子，到一片茫茫的水里去了。一去一天，直到天压黑，才回来。下雨天穿蓑衣，太阳大戴笠子，凉了多带件衣裳，整个被人遗忘在这片水里。“连个说说话的人都没有。”这句话似极普通，可是你看看养鸭人的脸，听起来就有无比的悲愁。在那么空寥的地方，真是会引起一种原始的恐惧的，无助、无告、忍受着一种深入肌理，抽搐着腹肉，教人想呕吐的绝望，“简直要哭出来”！单那份厌气就无法排遣，只有拼命叭达旱烟。远远的可以听到一两声人声，可是眼前是这些扁毛畜生！牛羊，甚至猪，都与人切身相关，可以产生感情，要跟鸭子谈谈心实在是很困难。放鸭的如果不是特别有心性，会自己娱悦，能弄一点甚么东西在手上作作，心里想想的，很容易变成孤僻怪物之冷漠而褊窄。父亲觉得倪二旱烟瘾越来越大，行动虽还没看出甚么改变，可是有点甚么东西正在深重起来，无以名之，只有借用又是只通用于另一阶级的名词：犬儒主义。

可是鸭子肥得倪二欢喜，他看完了好利钱，这支持着他。

前两天倪二说，要把鸭子赶去卖了，已经谈好了，行用，卡钱，水脚，全算上，连底三倍利。就要赶，问父亲那一百只鸭怎么说，是不是一起卖。父亲关照他留三十只，送送人，也养几只下蛋，他要看自己家里鸭子下两个双黄玩玩。昨天晚上想起来，要多留二十只，今天叫长工去荡里跟倪二说一声。

“鸭都丢了！”

倪二说要去卖鸭，父亲问他要不要人帮一帮，怕他一个人对付不了。鸭子运起来，不像鸡装了笼子，仍是一只小船，船上准备人的粮食，简单行李，鸭圈一大卷，人在船，鸭在水，一路迤迤逶逶的走。鸭子路上要吃，还是鱼虾水虫，到了那头才不瘦膘减分量，精神好看。指挥拨反全靠那根篙子。有人可以在大江里赶十天半月，晚上找个沙洲歇一歇，这不是外行冒充得来的。

“不要！”

怕父亲还要说甚么，他偷偷准备准备，留下三十只，其余的一早赶过荡，过白莲湖，转到大湖里，到邻县城里去了。长工一到荡口，问人：

“倪二呢？”

“倪二在白莲湖里，你赶快去看看，叫三爷也去看看——一趟鸭子全散了！”

白莲湖是一口小湖，离窑庄不远，出菱，出藕，藕肥白少渣滓，荷花倒是红的多。或散步，或乘船赶二五八集期，我们也常去的，湖边港汊甚多，密密的长着芦苇。新芦苇长得很高了。莲蓬已经采过，荷叶颜色发了黑，多半全破了，人过时常有翡翠鸟冲起掠过，翠绿的一闪，疾速如箭，切断人的思绪或低低的唱歌。

小船浮在岸边，竹篙横在船上，篙子头上的破蒲扇不知那里去了。倪二呢？坐在一个石辘轳上，手里团着他的瓦块帽子，额头上破了一块皮，在一个人家晒场上，为几个人围着，他好像老了十年。他疲倦了，一清早到现在，现在是下半天了，他一定还没有吃过饭，跟这些鸭子奋斗了半日。他的饭在船上一个布口袋里，一袋子老锅巴。他坐着不动，看不出他心里甚么滋味，不时头忽然抖一抖，好像受了震动。——他的脖子里的沟好深，一方格一方格的，颜色真红，烧焦了似的。那么坐着，脚恐怕要麻了，好傻相的脚！父亲叫他：

“倪二。”

“三爷！”

他像个孩子似的哭起来了。——怎么办呢？

“去找陆长庚，他有法子。”

“哎，除非陆长庚。”

“只有老陆，陆鸭。”

陆长庚在那里？

“多半在桥头茶馆。”

桥头有个茶馆，为的鲜货行客人，蛋行客，陆陈粮行客人，区里、县里、党部里来的人谈话讲生意而设的，卖清茶，代卖烟纸，洋杂，针线，香烛，鸡蛋糕，麻酥饼，七厘散，紫金锭，菜种，草鞋，契纸，小绿颖毛笔，金不换黑墨，何通记纸牌。这一带闲散无事人常借茶馆聚赌玩钱。有时纸牌，最为文雅。有时麻雀，那付牌有一张红中丢了，配了牌九上一张杂七，这杂七于是成为桌上最关心的一张牌了。有时推牌九，下旁注的比坐下来拿牌的要多，在后头呼幺喝六，帮别人呐喊助威的更多。船从桥边过，远远的就看到一堆兴奋忘形的人头人手，走过了一段，还听得到“七七八八——不要九”“磨一点，再磨一点，天地遇牯牛，越大越封侯”呼声。常在后头看斜头胡的，有人指点过，那就是陆长庚，这一带放鸭的第一手，诨号“陆鸭”，说他自己简直就是一只老鸭——瘦瘦小小，神情总是在发愁的样子。他已经多年不养鸭了，见到鸭就怕了，运气不好，老是瘟。

“不要你多，十五块洋钱。”

十五块钱在从前很是一个数目了。许多人都因为这个数目而回了回头，看看倪二，看看陆长庚，桌面上顶大的注子是一吊钱三三四，天之九吃三道。

说了半天，讲定了，十块钱。看一家地杠通吃，红了一庄，方去。

“把鸭圈全拿好，倪二你会赶鸭子进圈的？我吆上来，你就赶，鸭子在水里好弄，上了岸七零八落的不好捉。”

这十块钱太赚得不费力了！拈起那根篙子，撑到湖心，人仆在船上，把篙子平着在水上扑一气，嘴里啧啧咕咕不知叫点甚么，嚇——都来了！鸭子四面八方，从芦苇缝里像来争甚么东西似的，拼命的拍着翅膀，挺着脖子，一起奔到他那只小船的四围来。本来平静寥阔湖面，一时骤然热闹起来，全是鸭子，不知为甚么，高兴极了，喜欢极了，放开喉咙大叫，不停的把头没在水里，翻来翻去。岸上人看到这情形，都忍不住大笑起来，连倪二都笑了，他笑得尤其舒服。差不多都齐了，篙子一抬，嘴子曼声唱着，鸭子马上又安静起来，文文雅雅，摆摆摇摇，向岸边游来，舒闲整齐有致。兵法用兵第一贵“和”，这个字用来形容那些鸭子真恰切极了。他唱的不知是甚么，仿佛鸭子都很爱听，听得很入神似的，真怪！

“一共多少只？”

“三千多。”

“三千多少？”

“三千零四十二。”

他拣一个高处，四面一望。

“你数数，大概不差了。——嗨！你这里头怎么来了一只老鸭！是那一家养的老鸭教你裹来了！”

倪二分辩，分辩也没有用，他一伸手捞住了。

“它屁股一撅，就知道。新鸭子拉稀屎，过了一年的，才硬。鸭肠子鸭头的那里有个小箍道，老鸭子就长老了。吃新鸭子，不喝酒，容易拉肚，就因为鸭肠子不老。裹了人家鸭自己还不知道，只知道多了一只！”

“我不要你多，只要两只。送不送由你。”

怎么小气，也没法不送他，他已经到鸭圈里提了两只，一手一只，拎了一拎。

“多重？”

他问人。

“你说多重？”

有人问他。

“六斤四——这一只，多一两，六斤五。这一趟里顶壮的两只。”

不相信，那里一两也分得出，就凭手拎一拎？

“不相信，不相信拿秤来称。称得不对，两只鸭算你的；对了，今天晚上上你家里喝酒。”

称出来，一点都不错。

“拎都用不着拎，凭眼睛看，说得出这一趟鸭一个一个多重。”

不过先得大叫一声才看得出来。鸭身上有毛，毛蓬松着看不出来，得惊它一惊，一惊，鸭毛就紧了，贴在身上了，这就看得出那一个肥那一个瘦。

“晚上喝酒了，在茶馆里会。不让你费事，鸭先杀好。”

他刀也不用，一个指头往鸭子三岔骨处一捣，两只鸭挣扎都不挣扎就死了。

“杀的鸭子不好吃，鸭子要吃呛血的，肉才不老。”

甚么事他都是轻描淡写，毫不大惊小怪。说话自然露出得意，可是得意之中还是有一种对于自己的嘲讽，仿佛这是并不稀奇的事，而且正因为有这点本领，他才种种不如别人。他日子过得很不如意，种一点地，种的是豆子。“懒媳妇种豆”，豆子是顶不要花工夫气力的。从前放过鸭，可是本钱都蚀光了。鸭子瘟起来不得了，只要看见一个鸭摇一摇头，就完了。还不像鸡，鸡瘟起来比较慢，灌点胡椒香油，还可以有点救。鸭，一个摇头，个个摇头，马上，都不动了。比在三岔骨上捣一指头还快。常常一趟鸭子放到荡里，回来时只有自己一个人了。看着死，毫无办法。陆长庚吃的鸭可太多了，他发誓，从此决不再养。

“倪老二，十块钱不白要你的，我给你送到。今天晚了，你把鸭圈起来过一夜，明天一早我来。三爷，十块钱赶一趟鸭，不算顶贵噢？”

他知道这十块钱将由谁来出。

当然，第二天大早他来时仍是一个陆长庚，一夜七戳五在手，输得光光的。

“没有！还剩一块！”

这两个人都老了，时候过起来真快。两个老人怎么会到这里来了呢？现在在作甚么呢？父亲也不大清楚，我请父亲给我打听打听，可是一直还没有信来。——忽然想起来，那个分鸭子的年青小伙子一定是两老人之一的儿子，而且是另一老人的女婿。我得写封信去问问。也顺便问问父亲房东家养在院子里的那只大公鸡不知怎么了。——这只公鸡，他们说它有神经病，我看大概不是神经病。一窝小鸡买进来时本来是十只，次第都已死去，只剩下这个长命。不过很怪，常常它会曲起一只脚来乱蹦乱跳一气，就像发了疯似的。可能是抽筋，不过鸡会抽筋么？它左脚有点异样，脚趾全向里弯，有点内八字，最外一个而且好像短了一截，可能是小时教甚么重东西压的。是这影响他生理上有时不大平衡么？父亲说怕是受刺激太深，与它的同伴的死有关，那当然是开玩笑。——哎哟，一年了，该没有被杀掉风起来罢？这两天正是风鸡的时候。

载一九四八年第六卷第三期《文艺春秋》

故里杂记

李三

李三是地保，又是更夫。他住在土地祠。土地祠每坊都有一个。“坊”后来改称为保了。只有死了人，和尚放焰口，写疏文，写明死者籍贯，还沿用旧称：“南赡部洲中华民国某省某县某坊信士某某……”云云。疏文是写给阴间的公事。大概阴间还没有改过来。土地是阴间的保长。其职权范围与阳间的保长相等，不能越界理事，故称“当坊土地”。李三所管的，也只是这一坊之事。出了本坊，哪怕只差一步，不论出了什么事，死人失火，他都不问。一个坊或一个保的疆界，保长清楚，李三也清楚。

土地祠是俗称，正名是“福德神祠”。这四个字刻在庙门的砖额上，蓝地金字。这是个很小的庙。外面原有两根旗杆。西边的一根有一年教雷劈了（这雷也真怪，把旗杆劈得粉碎，劈成了一片一片一尺来长的细木条），只剩东边的一根了。进门有一个门道，两边各有一间耳房。东边的，住着李三。西边的一间，租给了一个卖糜饭饼子的——糜饭饼子是米粥捣成糜，发酵后在一个平锅上烙成的，一面焦黄，一面是白的，有一点酸酸的甜味。再往里，过一个两步就跨过的天井，便是神殿。迎面塑着土地老爷的神像。神像不大，比一个常人还小一些。这土地老爷是单身——不像乡下的土地庙里给他配一个土地奶奶。是一个笑眯眯的老头，一嘴的白胡子。头戴员外巾，身穿蓝色道袍。神像前是一个很狭的神案。神案上有一具铁制蜡烛架，横列一排烛钎，能插二十来根蜡烛。一个瓦香炉。神案前是一个收香钱的木柜。木柜前留着几尺可供磕头的砖地。如此而已。

李三同时又是庙祝。庙祝也没有多少事。初一、十五，把土地祠里外打扫一下，准备有人来进香。过年的时候，把两个“灯对子”找出来，挂在庙门两边。灯对子是长方形的纸灯，里面是木条钉成的框子，外糊白纸，上书大字，一边是“风调雨顺”，一边是“国泰民安”。灯对子里有横隔，可以点蜡烛。从正月初一，一直点到灯节。这半个多月，土地祠门前明晃晃的，很有点节日气氛。这半个月，进香的也多。每逢香期，到了晚上，李三就把收香钱的柜子打开，把香钱倒出来，一五一十地数一数。

偶尔有人来赌咒。两家为一件事分辩不清——常见的是东家丢了东西，怀疑是西家偷了，两家对骂了一阵，就各备一份香烛到土地祠来赌咒。两个人同时磕了头，一个说：“土地老爷在上，若是某某偷了我的东西，就叫他现世现报！”另一个说：“土地老爷在上，我若做了此事，就叫我家死人失天火！他诬赖我，也一样！”咒已赌完，各自回家。李三就把只点了小半截的蜡烛吹灭，拔下，收好，备用。

李三最高兴的事，是有人来还愿。坊里有人家出了事，例如老人病重，或是孩子出了天花，就到土地祠来许愿。老人病好了，孩子天花出过了，就来还愿。仪式很隆重：给菩萨“挂匾”——送一块横宽二三尺的红布匾，上写四字：“有求必应。”满炉的香，红蜡烛把铁架都插满了（这种蜡烛很小，只二寸长，叫做“小牙”）。最重要的是：供一个猪头。因此，谁家许了愿，李三就很关心，随时打听。这是很容易打听到的。老人病好，会出来扶杖而行。孩子出了天花，在衣领的后面就会缝一条二指宽三寸长的红布，上写“天花已过”。于是李三就满怀希望地等着。这猪头到了晚上，就进了李三的砂罐了。一个七斤半重的猪头，够李三消受好几天。这几天，李三的脸上随时都是红喷喷的。

地保所管的事，主要的就是死人失火。一般人家死了人，他是不管的，他管的是无后的孤寡和“路倒”。一个孤寡老人死在床上，或是哪里发现一具无名男尸，在本坊地界，李三就有事了：拿了一个捐簿，到几家殷实店铺去化钱。然后买一口薄皮棺材装殓起来；省事一点，就用芦席一卷，草绳一捆（这有个名堂，叫做“万字纹的棺材，三道紫金箍”），用一把锄头背着，送到乱葬冈去埋掉。因此本地流传一句骂人的话：“叫李三把你背出去吧！”李三很愿意本坊常发生这样的事，因为募化得来的钱怎样花销，是谁也不来查账的。李三拿埋葬费用的余数来喝酒，实在也在情在理，没有什么说不过去。这种事，谁愿承揽，就请来试试！哼，你以为这几杯酒喝到肚里容易呀！不过，为了心安理得，无愧于神鬼，他在埋了死人后，照例还为他烧一陌纸钱，磕三个头。

李三瘦小干枯，精神不足，拖拖沓沓，迷迷瞪瞪，随时总像没有睡醒——他夜晚打更，白天办事，睡觉也是断断续续的，看见他时他也真是刚从床上爬起来一会，想不到有时他竟能跑得那样快！那是本坊有了火警的时候。这地方把失火叫成“走水”，大概是讳言火字，所以反说着了。一有人家走水，李三就拿起他的更锣，用一个锣棒使劲地敲着，没命地飞跑，嘴里还大声地嚷叫：“××巷×家走水啦！××巷×家走水啦！”一坊失火，各坊的水龙都要来救，所以李三这回就跑出坊界，绕遍全城。

李三希望人家失火么？哎，话怎么能这样说呢！换一个说法：他希望火不成灾，及时救灭。火灭之后，如果这一家损失不大，他就跑去道喜：“恭喜恭喜，越烧越旺！”如果这家烧得片瓦无存，他就去向幸免殃及的四邻去道喜：“恭喜恭喜，土地菩萨保佑！”他还会说：火势没有蔓延，也多亏水龙来得快。言下之意也很清楚：水龙来得快，是因为他没命的飞跑。听话的人并不是傻子。他飞跑着敲锣报警，不会白跑，总是能拿到相当可观的酒钱的。

地保的另一项职务是管叫花子。这里的花子有两种，一种是专赶各庙的香期的。初一、十五，各庙都有人进香。逢到菩萨生日（这些菩萨都有一个生日，不知是怎么查考出来的），香火尤盛。这些花子就从庙门、甬道，一直到大殿，密密地跪了两排。有的装做瞎子，有的用蜡烛油画成烂腿（画得很像），“老爷太太”不住地喊叫。进香的信女们就很自觉地把铜钱丢在他们面前破瓢里，她们认为把钱给花子，是进香仪式的一部分，不如此便显得不虔诚。因此，这些花子要到的钱是不少的。这些虔诚的香客大概不知道花子的黑话。花子彼此相遇，不是问要了多少钱，而说是“唤了多少狗”！这种花子是有帮的，他们都住在船上。每年还做花子会，很多花子船都集中在一起，也很热闹。这一种在帮的花子李三惹不起，他们也不碍李三的事，井水不犯河水。李三能管的是串街的花子。串街要钱的，他也只管那种只会伸着手赖着不走的软弱疲赖角色。李三提了一根竹棍，看见了，就举起竹棍大喝一声：“去去去！”有三等串街的他不管。一等是唱道情的。这是斯文一脉，穿着破旧长衫，念过两句书，又和吕洞宾、郑板桥有些瓜葛。店铺里等他唱了几句“老渔翁，一钓竿”，就会往柜台上丢一个铜板。他们是很清高的，取钱都不用手，只是用两片简板一夹，咚的一声丢在渔鼓筒里。另外两等，一是耍青龙（即耍蛇）的，一是吹筒子的。耍青龙的弄两条菜花蛇盘在脖子上，蛇信子簌簌地直探。吹筒子的吹一个外面包了火赤练蛇皮的竹筒，“布——呜！”声音很难听，样子也难看。他们之一要是往店堂一站，半天不走，这家店铺就甭打算做生意了：女人、孩子都吓得远远地绕开走了。照规矩（不知是谁定的规矩），这两等，李三是有权赶他们走的。然而他偏不赶，只是在一个背人处把他们拦住，向他们索要例规。讨价还价，照例要争执半天。双方会谈的地方，最多的是官茅房——公共厕所。

地保当然还要管缉盗。谁家失窃，首先得叫李三来。李三先看看小偷进出的路径。是撬门，是挖洞，还是爬墙。按律

（哪朝的律呢）：如果案发，撬门罪最重，只下明火执仗一等。挖洞次之。爬墙又次之。然后，叫本家写一份失单。事情就完了。如果是爬墙进去偷的，他还不会忘了把小偷爬墙用的一根船篙带走。——小偷爬墙没有带梯子的，只是从河边船上抽一根竹篙，上面绑十来个稻草疙瘩，戗在墙边，踩着草疙瘩就进去了。偷完了，照例把这根竹篙靠在墙外。这根船篙不一会就会有失主到土地祠来赎。——“交二百钱，拿走！”

丢失衣物的人家，如果对李三说，有几件重要的东西，本家愿出钱赎回，过些日子，李三真能把这些赃物追回来。但是是怎样追回来的，是什么人偷的，这些事是不作兴问的。这也是规矩。

李三打更。左手拿着竹梆，吊着锣，右手拿锣槌。

笃，铛。定更。

笃，笃；铛——铛。二更。

笃，笃，笃；铛，铛——铛。三更。

三更以后，就不打了。

打更是为了防盗。但是人家失窃，多在四更左右，这时天最黑，人也睡得最死。李三打更，时常也装腔作势吓唬人：“看见了，看见了！往哪里躲！树后头！墙旮旯！……”其实他什么也没看见。

一进腊月，李三在打更时添了一个新项目，喊“小心火烛”：

“岁尾年关——小心火烛！——

“火塘扑熄——水缸上满！——

“老头子老太太，铜炉子搁远些——！

“屋上瓦响，莫疑猫狗，起来望望——！

“岁尾年关，小心火烛………”

店铺上了板，人家关了门，外面很黑，西北风呜呜地叫着，李三一个人，腰里别着一个白纸灯笼，大街小巷，拉长了声音，有板有眼，有腔有调地喊着，听起来有点凄惨。人们想到：一年又要过去了。又想：李三也不容易，怪难为他。

没有死人，没有失火，没人还愿，没人家挨偷，李三这几天的日子委实过得有些清淡。他拿着锣、梆，很无聊地敲着三更：

“笃，笃，笃；铛，铛——铛！”

一边敲，一边走，走到了河边。一只船上有一枝很结实的船篙在船帮外面别着，他一伸手，抽了出来，夹在胳肢窝里回身便走。他还不紧不慢地敲着：

“笃，笃，笃；铛，铛——铛！”

不想船篙带不动了，篙子后梢被一只很有劲的大手攥住了。

李三原想把船篙带到土地祠，明天等这个弄船的拿钱来赎。

能弄二百钱，也能喝四两。不想这船家刚刚起来撒过尿，躺下还没有睡着。他听到有人抽篙子，爬出舱口一看：是李三！

“好，李三！你偷篙子！”

“莫喊！莫喊！”

李三不是很要脸面的人，但是一个地保偷东西，而且叫人当场抓住，总不大好看。

“你认打认罚？”

“认罚！认罚！罚多少？”

“罚二百钱！”

李三老是罚乡下人的钱。谁在街上挑粪，溅出了一点，“罚！二百钱！”谁在不该撒尿的地方撒了尿，“罚！二百钱！”没有想到这回被别人罚了。李三挨罚，这是有史以来第一次。

榆树

侉奶奶住到这里一定已经好多年了，她种的八棵榆树已经很大了。

这地方把徐州以北说话带山东口音的人都叫做侉子。这县里有不少侉子。他们大都住在运河堤下，拉纤，推独轮车运货（运得最多的是河工所用石头），碾石头粉（石头碾细，供修大船的和麻丝桐油和在一起填塞船缝），烙锅盔（这种干厚棒硬的面饼也主要是卖给侉子吃），卖牛杂碎汤（本地人也有专门跑到运河堤上去尝尝这种异味的）……

侉奶奶想必本是一个侉子的家属，她应当有过一个丈夫，一个侉老爹。她的丈夫哪里去了呢？死了，还是“贩了桃子”——扔下她跑了？不知道。她丈夫姓什么？她姓什么？很少人知道。大家都叫她侉奶奶。大人、小孩，穷苦人、有钱的，都这样叫。倒好像她就姓侉似的。

侉奶奶怎么会住到这样一个地方来呢？（这附近住的都是本地人，没有另外一家侉子。）她是哪年搬来的呢？你问附近的住户，他们都回答不出，只是说：“啊，她一直就在这里住。”好像自从盘古开天地，这里就有一个侉奶奶。

侉奶奶住在一个巷子的外面。这巷口有一座门，大概就是所谓里门。出里门，有一条砖铺的街，伸向越塘，转过螺蛳坝，奔臭河边，是所谓后街。后街边有人家。侉奶奶却又住在后街以外。巷口外，后街边，有一条很宽的阴沟，正街的阴沟水都流到这里，水色深黑，发出各种气味，蓝靛的气味、豆腐水的气味、做草纸的纸浆气味。不知道为什么，闻到这些气味，叫人感到忧郁。经常有乡下人，用一个接了长柄的洋铁罐，把阴沟水一罐一罐刮起来，倒在木桶里（这是很好的肥料），刮得沟底嘎啦嘎啦地响。跳过这条大阴沟，有一片空地。侉奶奶就住在这片空地里。

侉奶奶的家是两间草房。独门独户，四边不靠人家，孤零零的。她家的后面，是一带围墙。围墙里面，是一家香店的作坊，香店老板姓杨。香是像压饸饹似的挤出来的。挤的时候还会发出“蓬——”的一声。侉奶奶没有去看过师傅做香，不明白这声音是怎样弄出来的。但是她从早到晚就一直听着这种很深沉的声音。隔几分钟一声，“蓬——蓬——蓬”。围墙有个门，从门口往里看，便可看到一扇一扇像铁纱窗似的晒香的棕绷子，上面整整齐齐平铺着两排黄色的线香。侉奶奶门前，一眼望去，有一个海潮庵。原来不知是住和尚还是住尼姑的，多年来没有人住，废了。再往前，便是从越塘流下来的一条河。河上有一座小桥。侉奶奶家的左右都是空地。左边长了很高的草。右边是侉奶奶种的八棵榆树。

侉奶奶靠给人家纳鞋底过日子。附近几条巷子的人家都来找她，拿了旧布（间或也有新布）、袼褙（本地叫做“骨子”）和一张纸剪的鞋底样。侉奶奶就按底样把旧布、袼褙剪好，“做”一“做”（粗缝几针），然后就坐在门口小板凳上纳。扎一锥子，纳一针，“哧啦——哧啦”。有时把锥子插在头发里“光”一“光”（读去声）。侉奶奶手劲很大，纳的针脚很紧，她纳的底子很结实，大家都愿找她纳。也不讲个价钱。给多，给少，她从不争。多少人穿过她纳的鞋底啊！

侉奶奶一清早就坐在门口纳鞋底。她不点灯。灯碗是有一个的，房顶上也挂着一束灯草。但是灯碗是干的，那束灯草都发黄了。她睡得早，天上一见星星，她就睡了。起得也早。别人家的烟筒才冒出烧早饭的炊烟，侉奶奶已经纳好半只鞋底。除了下雨下雪，她很少在屋里（她那屋里很黑），整天都坐在门外扎锥子，抽麻线。有时眼酸了，手困了，就停下来四面看看。

正街上有一家豆腐店，有一头牵磨的驴。每天上下午，豆腐店的一个孩子总牵驴到侉奶奶的榆树下打滚。驴乏了，一滚，再滚，总是翻不过去。滚了四五回，哎，翻过去了。驴打着响鼻，浑身都轻松了。侉奶奶原来直替这驴在心里攒劲；驴翻过了，侉奶奶也替它觉得轻松。

街上的，巷子里的孩子常上侉奶奶门前的空地上来玩。他们在草窝里捉蚂蚱，捉油葫芦。捉到了，就拿给侉奶奶看。“侉奶奶，你看！大不大？”侉奶奶必很认真地看一看，说：“大。真大！”孩子玩一回，又转到别处去玩了，或沿河走下去，或过桥到对岸远远的一个道士观去看放生的乌龟。孩子的妈妈有时来找孩子（或家里来了亲戚，或做得了一件新衣要他回家试试），就问侉奶奶：“看见我家毛毛了么？”侉奶奶就说：“看见咧，往东咧。”或“看见咧，过河咧。”……

侉奶奶吃得真是苦。她一年到头喝粥。三顿都是粥。平常是她到米店买了最糙最糙的米来煮。逢到粥厂放粥（这粥厂是官办的，门口还挂一块牌：××县粥厂），她就提了一个“檑子”（小水桶）去打粥。这一天，她就自己不开火仓了，喝这粥。粥厂里打来的粥比侉奶奶自己煮的要白得多。侉奶奶也吃菜。她的“菜”是她自己腌的红胡萝卜。啊呀，那叫咸，比盐还咸，咸得发苦！——不信你去尝一口看！

只有她的侄儿来的那一天，才变一变花样。

侉奶奶有一个亲人，是她的侄儿。过继给她了，也可说是她的儿子。名字只有一个字，叫个“牛”。牛在运河堤上卖力气，也拉纤，也推车，也碾石头。他隔个十天半月来看看他的过继的娘。他的家口多，不能给娘带什么，只带了三斤重的一块锅盔。娘看见牛来了，就上街，到卖熏烧的王二的摊子上切二百钱猪头肉，用半张荷叶托着。另外，还忘不了买几根大葱，半碗酱。娘俩就结结实实地吃了一顿山东饱饭。

侉奶奶的八棵榆树一年一年地长大了。香店的杨老板几次托甲长丁裁缝来探过侉奶奶的口风，问她卖不卖。榆皮，是做香的原料。——这种事由买主亲自出面，总不合适，老街旧邻的，总得有个居间的人出来说话。这样要价、还价，才有余地。丁裁缝来一趟，侉奶奶总是说：“树还小咧，叫它再长长。”

人们私下议论：侉奶奶不卖榆树，她是指着它当棺材本哪。

榆树一年一年地长。侉奶奶一年一年地活着，一年一年地纳鞋底。

侉奶奶的生活实在是平淡之至。除了看驴打滚，看孩子捉蚂蚱、捉油葫芦，还有些什么值得一提的事呢？——这些捉蚂蚱的孩子一年比一年大。侉奶奶纳他们穿的鞋底，尺码一年比一年放出来了。

值得一提的有：

有一年，杨家香店的作坊接连着了三次火，查不出起火原因。人说这是“狐火”，是狐狸用尾巴蹭出来的。于是在香店作坊的墙外盖了一个三尺高的“狐仙庙”，常常有人来烧香。着火的时候，满天通红，乌鸦乱飞乱叫，火光照着侉奶奶的八棵榆树也是通红的，像是火树一样。

有一天，不知怎么发现了海潮庵里藏着一窝土匪。地方保安队来捉他们。里面往外打枪，外面往里打枪，乒乒乓乓。最后是有人献计用火攻——在庵外墙根堆了稻草，放火烧！土匪吃不住劲，只好把枪丢出，举着手出来就擒了。海潮庵就在侉奶奶家前面不远，两边开仗的情形，她看得清清楚楚。她很奇怪，离得这么近，她怎么就不知道庵里藏着土匪呢？

这些，使侉奶奶留下深刻印象，然而与她的生活无关。

使她的生活发生一点变化的是——

有一个乡下人赶了一头牛进城，牛老了，他要把它卖给屠宰场去。这牛走到越塘边，说什么也不肯走了，跪着，眼睛里叭哒叭哒直往下掉泪。围了好些人看。有人报给甲长丁裁缝。这是发生在本甲之内的事，丁甲长要是不管，将为人神不喜。他出面求告了几家吃斋念佛的老太太，凑了牛价，把这头老牛买了下来，作为老太太们的放生牛。这牛谁来养呢？大家都觉得交侉奶奶养合适。丁甲长对侉奶奶说，这是一甲人信得过她，侉奶奶就答应下了。这养老牛还有一笔基金（牛总要吃点干草呀），就交给侉奶奶放印子。从此侉奶奶就多了几件事：早起把牛放出来，尽它到草地上去吃青草。青草没有了，就喂它吃干草。一早一晚，牵到河边去饮。傍晚拿了收印子钱的摺子，沿街串乡去收印子。晚上，牛就和她睡在一个屋里。牛卧着，安安静静地倒嚼，侉奶奶可觉得比往常累得多。她觉得骨头疼，半夜了，还没有睡着。

不到半年，这头牛老死了。侉奶奶把放印子的摺子交还丁甲长，还是整天坐在门外纳鞋底。

牛一死，侉奶奶也像老了好多。她时常病病歪歪的，连粥都不想吃，在她的黑洞洞的草屋里躺着。有时出来坐坐，扶着门框往外走。

一天夜里下大雨。瓢泼大雨不停地下了一夜。很多人家都进了水。丁裁缝怕侉奶奶家也进了水了，她屋外的榆树都浸在水里了。他赤着脚走过去，推开侉奶奶的门一看：侉奶奶死了。

丁裁缝派人把她的侄子牛叫了来。

得给侉奶奶办后事呀。侉奶奶没有留下什么钱，牛也拿不出钱，只有卖榆树。

丁甲长找到杨老板。杨老板倒很仁义，说是先不忙谈榆树的事，这都好说，由他先垫出一笔钱来，给侉奶奶买一身老衣，一副杉木棺材，把侉奶奶埋了。

侉奶奶安葬以后，榆树生意也就谈妥了。杨老板雇了人来，咯嗤咯嗤，把八棵榆树都放倒了。新锯倒的榆树，发出很浓的香味。

杨老板把八棵榆树的树皮剥了，把树干卖给了木器店。据人了解，他卖的八棵树干的钱就比他垫出和付给牛的钱还要多。他等于白得了八棵榆树皮，又捞了一笔钱。

鱼

臭水河和越塘原是连着的。不知从哪年起，螺蛳坝以下淤塞了，就隔断了。风和人一年一年把干土烂草往河槽里填，河槽变成很浅了。不过旧日的河槽依然可以看得出来。两旁的柳树还能标出原来河的宽度。这还是一条河，一条没有水的干河。

干河的北岸种了菜。南岸有几户人家。这几家都是做嫁妆的，主要是做嫁妆之中的各种盆桶，脚盆、马桶、櫺子。这些盆桶是街上嫁妆店的订货，他们并不卖门市。这几家只是本钱不大，材料不多的作坊。这几家的大人、孩子，都是做盆桶的工人。他们整天在门外柳树下锯、刨。他们使用的刨子很特别。木匠使刨子是往前推，桶匠使刨子是往后拉。因为盆桶是圆的，这么使才方便，这种刨子叫做刮刨。盆桶成型后，要用砂纸打一遍，然后上漆。上漆之前，先要用猪血打一道底子。刷了猪血，得晾干。因此老远地就看见干河南岸，绿柳荫中排列着好些通红的盆盆桶桶，看起来很热闹，画出了这几家作坊的一种忙碌的兴旺气象。

桶匠有本钱，有手艺，在越塘一带，比起那些完全靠力气吃饭的挑夫、轿夫要富足一些。和杀猪的庞家就不能相比了。

从侉奶奶家旁边向南伸出的后街到往螺蛳坝方向，拐了一个直角。庞家就在这拐角处，门朝南，正对越塘。他家的地势很高，从街面到屋基，要上七八层台阶。房屋在这一片算是最高大的。房屋盖起的时间不久，砖瓦木料都还很新。檩粗板厚，瓦密砖齐。两边各有两间卧房，正中是一个很宽敞的穿堂。坐在穿堂里，可以清清楚楚看到越塘边和淤塞的旧河交接处的一条从南到北的土路，看到越塘的水，和越塘对岸的一切，眼界很开阔。这前面的新房子是住人的。养猪的猪圈，烧水、杀猪的场屋都在后面。

庞家兄弟三个，各有分工。老大经营擘划，总管一切。老二专管各处收买生猪。他们家不买现成的肥猪，都是买半大猪回来自养。老二带一个伙计，一趟能赶二三十头猪回来。因为杀的猪多，他经常要外出。杀猪是老三的事——当然要有两个下手伙计。每天五更头，东方才现一点鱼肚白，这一带人家就听到猪尖声嚎叫，知道庞家杀猪了。猪杀得了，放了血，在杀猪盆里用开水烫透，吹气，刮毛。杀猪盆是一种特制的长圆形的木盆，盆帮很高。二百来斤的猪躺在里面，富富有余。杀几头猪，没有一定，按时令不同。少则两头，多则三头四头，到年下人家腌肉时就杀得更多了。因此庞家有四个极大的木盆，几个伙计同时动手洗刮。

这地方不兴叫屠户。也不叫杀猪的，大概嫌这种叫法不好听，大都叫“开肉案子的”。“开”肉案子，是掌柜老板一流，显得身份高了。庞家肉案子生意很好，因为一条东大街上只有这一家肉案子。早起人进人出，剁刀响，铜钱响，票子响。不到晌午，几片猪就卖得差不多了。这里人一天吃的肉都是上午一次买齐，很少下午来割肉的。庞家肉案到午饭后，只留一两块后臀硬肋等待某些家临时来了客人的主顾，留一个人照顾着。一天的生意已经做完，店堂闲下来了。

店堂闲下来了。别的肉案子，闲着就闲着吧。庞家的人可真会想法子。他们在肉案子的对面，设了一道拦柜，卖茶叶。茶叶和猪肉是两码事，怎么能卖到一起去呢？——可是，又为什么一定不能卖到一起去呢？东大街没有一家茶叶店，要买茶叶就得走一趟北市口。有了这样一个卖茶叶的地方，省走好多路。卖茶叶，有一个人盯着就行了。有时叫一个小伙计来支应。有时老大或老三来看一会。有时，庞家的三妯娌之一，也来店堂里坐着，包包茶叶，收收钱。这半间店堂的茶叶店生意很好。

庞家三兄弟一个是一个。老大稳重，老二干练，老三是个文武全才。他们长得比别人高出一头。老三尤其肥白高大。他下午没事，常在越塘高空场上练石担子、石锁。他还会写字，写刘石庵体的行书。这里店铺都兴装着花槅子。槅子留出一方空白，可以贴字画。别家都是请人写画的。庞家肉案子是庞老三自己写的字。他大概很崇拜赵子龙。别人家槅心里写的是“春眠不觉晓，处处闻啼鸟”“夫天地者万物之逆旅，光阴者百代之过客”之类，他写的都是《三国演义》里赞赵子龙的诗。

庞家这三个妯娌：一个赛似一个的漂亮，一个赛似一个的能干。她们都非常勤快。天不亮就起来，烧水，煮猪食，喂猪。白天就坐在穿堂里做针线。都是光梳头，净洗脸，穿得整整齐齐，头上戴着金簪子，手上戴着麻花银镯。人们走到庞家门前，就觉得眼前一亮。

到粥厂放粥，她们就一人拎一个橿子去打粥。

这不免会引起人们议论："戴着金簪子去打粥！——侉奶奶打粥，你庞家也打粥？！"大家都知道，她们打了粥来是不吃的——喂猪！因此，越塘、螺蛳坝一带人对庞家虽很羡慕并不亲近，都觉得庞家的人太精了。庞家的人缘不算好。别人也知道，庞家人从心里看不起别人，尤其是这三个女的。

越塘边发生了从未见过的奇事。

这一年雨水特别大，臭水河的水平了岸，水都漫到后街街面上来了。地方上的居民铺户共同商议，决定挖开螺蛳坝，在淤塞的旧河槽挖一道沟，把臭水河的水引到越塘河里去。这道沟只两尺宽。臭水河的水位比越塘高得多。水在沟里流得像一枝箭。

流着，流着，一个在岸边做桶的孩子忽然惊叫起来：

"鱼！"

一条长有尺半的大鲤鱼叭的一声蹦到岸上来了。接着，一条，一条，又一条，鲤鱼！鲤鱼！鲤鱼！

不知从哪里来的那么多的鲤鱼。它们戗着急水往上窜，不断地蹦到岸上。桶店家的男人、女人、大人、小孩，都奔到沟边来捉鱼。有人搬了脚盆放在沟边，等鲤鱼往里跳。大家约定，每家的盆，放在自己家门口，鱼跳进谁家的盆算谁的。

他们正在商议，庞家的几个人搬了四个大杀猪盆，在水沟流入越塘入口处挨排放好了。人们小声嘟囔："真是眼尖手快啊！"但也没有办法。不是说谁家的盆放在谁家门口么？庞家的盆是放在庞家的门口（当然他家门口到河槽还有一个距离），庞家杀猪盆又大，放的地方又好，鱼直往里跳。人们不满意。但是好在家家的盆里都不断跳进鱼来，人们不断地欢呼，狂叫，简直好像做着一个欢喜而又荒唐的梦，高兴压过了不平。

这两天，桶匠家家家吃鱼，喝酒。这一辈子没有这样痛快地吃过鱼。一面开怀地嚼着鱼肉，一面还觉得天地间竟有这等怪事：鱼往盆里跳，实在不可思议。

两天后，臭水河的积水流泄得差不多了，螺蛳坝重新堵上，沟里没有水了，也没有鱼了，岸上到处是鱼鳞。

庞家桶里的鱼最多。但是庞家这两天没有吃鱼。他家吃的是鱼籽、鱼脏。鱼呢？这妯娌三个都把来用盐揉了，肚皮里撑一根芦柴棍，一条一条挂在门口的檐下晾着，挂了一溜。

把鱼已经通通吃光了的桶匠走到庞家门前，一个对一个说：“真是鱼也有眼睛，谁家兴旺，它就往谁家盆里跳啊！”

正在穿堂里做针线的妯娌三个都听见了。三嫂子抬头看了二嫂子一眼，二嫂子看了大嫂子一眼，大嫂子又向两个弟媳妇都看了一眼。她们低下头来继续做针线，她们的嘴角都挂着一种说不清的表情。是对自己的得意？是对别人的鄙夷？

一九八一年六月十八日　承德避暑山庄

载一九八二年第二期《北京文学》

岁寒三友

这三个人是：王瘦吾、陶虎臣、靳彝甫。王瘦吾原先开绒线店，陶虎臣开炮仗店，靳彝甫是个画画的。他们是从小一块长大的。这是三个说上不上，说下不下的人。既不是缙绅先生，也不是引车卖浆者流。他们的日子时好时坏。好的时候桌上有两个菜，一荤一素，还能烫二两酒；坏的时候，喝粥，甚至断炊。三个人的名声倒都是好的。他们都没有做过伤天害理的事，对人从不尖酸刻薄，对地方的公益，从不袖手旁观。某处的桥坍了，要修一修；哪里发现一名“路倒”，要掩埋起来；闹时疫的时候，在码头路口设一口瓷缸，内装药茶，施给来往行人；一场大火之后，请道士打醮禳灾……遇有这一类的事，需要捐款，首事者把捐簿伸到他们的面前时，他们都会提笔写下一个谁看了也会点头的数目。因此，他们走在街上，一街的熟人都跟他们很客气地点头打招呼。

“早！”

“早！”

“吃过了？”

“偏过了，偏过了！”

王瘦吾真瘦，瘦得两个肩胛骨从长衫的外面都看得清清楚楚。他年轻时很风雅过几天。他小时开蒙的塾师是邑中名士谈甓渔，谈先生教会了他做诗。那时，绒线店由父亲经营着，生意不错，这样他就有机会追随一些阔的和不太阔的名士，春秋佳日，文酒雅集。遇有什么张母吴太夫人八十寿辰征诗，也会送去两首七律。瘦吾就是那时落下的一个别号。自从父亲一死，他挑起全家的生活，就不再做一句诗，和那些诗人也再无来往。

他家的绒线店是一个不大的连家店。店面的招牌上虽写着“京广洋货，零趸批发”，所卖的却只是：丝线、绦子、头号针、二号针、女人钳眉毛的镊子、刨花[①]、抿子（涂刨花水用的小刷子）、品青、煮蓝、僧帽牌洋蜡烛、太阳牌肥皂、美孚灯罩……种类很多，但都值不了几个钱。每天晚上结账时都是一堆铜板和一角两角的零碎的小票，难得看见一块洋钱。

这样一个小店，维持一家生活，是困难的。王瘦吾家的人口日渐增多了。他上有老母，自己又有了三个孩子。小的还在娘怀里抱着。两个大的，一儿一女，已经都在上小学了。不用说穿衣，就是穿鞋也是个愁人的事。

儿子最恨下雨。小学的同学几乎全部在下雨天都穿了胶鞋来上学，只有他穿了还是他父亲穿过的钉鞋[②]。钉鞋很笨，很重，走起来还嘎啦嘎啦的响。他一进学校的大门，同学们就都朝他看，看他那双鞋。他闹了好多回。每回下雨，他就说：“我不去上学了！”妈都给他说好话：“明年，明年就买胶鞋。一定！”——“明年！您都说了几年了！”最后还是嘟着嘴，挟了一把补过的旧伞，走了。王瘦吾听见街石上儿子的钉鞋愤怒的声音，半天都没有说话。

女儿要参加全县小学秋季运动会，表演团体操，要穿规定的服装：白上衣、黑短裙。这都还好办。难的是鞋——要一律穿白球鞋。女儿跟妈要。妈说："一双球鞋，要好几块钱。咱们不去参加了。就说生病了，叫你爸写个请假条。"女儿不像她哥发脾气，闹，她只是一声不响，眼泪不停地往下滴。到底还是去了。这位能干的妈跟邻居家借来一双球鞋，比着样子，用一块白帆布连夜赶做了一双。除了底子是布的，别处跟买来的完全一样。天亮的时候，做妈的轻轻地叫："妞子，起来！"女儿一睁眼，看见床前摆着一双白鞋，趴在妈胸前哭了。王瘦吾看见妻子疲乏而凄然的笑容，他的心酸。

因此，王瘦吾老想发财。

这财，是怎么个发法呢？靠这个小绒线店，是不可能有什么出息的。他得另外想办法。这城里的街，好像是傍晚时的码头，各种船只，都靠满了。各行各业，都有个固定的地盘，想往里面再插一只手，很难。他得把眼睛看到这个县城以外，这些行业以外。他做过许多不同性质的生意。他做过虾籽生意，醉蟹生意，腌制过双黄鸭蛋。张家庄出一种木瓜酒，他运销过。本地出一种药材，叫做豨莶，他收过，用木船装到上海（他自己就坐在一船高高的药草上），卖给药材行。三叉河出一种水仙鱼，他曾想过做罐头……他做的生意都有点别出心裁，甚至是想入非非。他隔个把月就要出一次门，四乡八镇，到处跑。像一只饥饿的鸟，到处飞，想给儿女们找一口食。回来时总带着满身的草屑灰尘；人，越来越瘦。

后来他想起开工厂。他的这个工厂是个绳厂，做草绳和钱串子。蓑衣草两股，绞成细绳，过去是穿制钱用的，所以叫做钱串子。现在不使制钱了，店铺里却离不开它。茶食店用来包扎点心，席子店捆席子，卖鱼的穿鱼鳃。绞这种细绳，本来是湖西农民冬闲时的副业，一大捆一大捆挑进城来兜售。因为没有准人，准时，准数，有时需用，却遇不着。有了这么个厂，对于用户方便多了。王瘦吾这个厂站住了。他就不再四处奔跑。

这家工厂，连王瘦吾在内，一共四个人。一个伙计搬运，两个做活。有两架“机器”，倒是铁的，只是都要用手摇。这两架机器，摇起来嘎嘎地响，给这条街增添了一种新的声音，和捶铜器、打烧饼、算命瞎子的铜铛的声音混和在一起。不久，人们就习惯了，仿佛这声音本来就有。

初二、十六[3]的傍晚，常常看到王瘦吾拎了半斤肉或一条鱼从街上走回家。

每到天气晴朗，上午十来点钟，在这条街上，就可以听到从阴城方向传来爆裂的巨响：

“砰——磅！”

大家就知道，这是陶虎臣在试炮仗了。孩子们就提着裤子向阴城飞跑。

阴城是一片古战场。相传韩信在这里打过仗。现在还能挖到一种有耳的尖底陶瓶，当地叫做“韩瓶”，据说是韩信的部队所用的行军水壶。说是这种陶瓶冬天插了梅花，能结出梅子来。现在这里是乱葬冈，不知道从什么时候起叫做“阴城”。到处是坟头、野树、荒草、芦荻。草里有蛤蟆、野兔子、大极了的蚂蚱、油葫芦、蟋蟀。早晨和黄昏，有许多白颈老鸦。人走过，就哑哑地叫着飞起来。不一会，又都纷纷地落下了。

这里没有住户人家。只有一个破财神庙，里面住着一个侉子。这侉子不知是什么来历。他杀狗，吃肉——阴城里野狗多的是，还喝酒。

这地方很少有人来。只有孩子们结伴来放风筝，掏蟋蟀。再就是陶虎臣来试炮仗。

试的是“天地响”。这地方把双响的大炮仗叫“天地响”，因为地下响一声，飞到半空中，又响一声，炸得粉碎，纸屑飘飘地落下来。陶家的“天地响”一听就听得出来，特别响。两响之间的距离也大——蹿得高。

“砰——磅！”

“砰——磅！”

他走一二十步，放一个，身后跟着一大群孩子。孩子里有胆大的，要求放一个，陶虎臣就给他一个：

“点着了快跑！——崩疼了可别哭！”

其实是崩不着的。陶虎臣每次试炮仗，特意把其中的几个的捻子加长，就是专为这些孩子预备的。捻子着了，嗤嗤地冒火，半天，才听见响呢。

陶家炮仗店的门口也是经常围着一堆孩子，看炮仗师父做炮仗。两张白木的床子，有两块很光滑的木板。把一张粗草纸裹在一个钢钎上，两块木板一搓，吱溜——就是一个炮仗筒子。

孩子们看师傅做炮仗，陶虎臣就伏在柜台上很有兴趣地看这些孩子。有时问他们几句话：

“你爸爸在家吗？干嘛呢？”

“你的痄腮好了吗？”

孩子们都知道陶老板人很和气，很喜欢孩子，见面都很愿意叫他：

“陶大爷！”

“陶伯伯！”

“哎，哎。”

陶家炮仗店的生意本来是不错的。

他家的货色齐全。除了一般的鞭炮，还出一种别家不做的鞭，叫做“遍地桃花”。不但外皮，连里面的筒子都一色是梅红纸卷的。放了之后，地下一片红，真像是一地的桃花瓣子。

如果是过年，下过雪，花瓣落在雪地上，红是红，白是白，好看极了。

这种鞭，成本很贵，除非有人定做，平常是不预备的。

一般的鞭炮，陶虎臣自己是不动手的。他会做花炮。一筒大花炮，能放好几分钟。他还会做一种很特别的花，叫做“酒梅”。一棵弯曲横斜的枯树，埋在一个磁盆里，上面串结了许多各色的小花炮，点着之后，满树喷花。火花射尽，树枝上还留下一朵一朵梅花，蓝荧荧的，静悄悄地开着，经久不熄。这是棉花浸了高粱酒做的。

他还有一项绝技，是做焰火。一种老式的焰火，有的地方叫做花盒子。

酒梅、焰火，他都不在店里做，在家里做。因为这有许多秘方，不能外传。

做焰火，除了配料，关键是串捻子。串得不对，会轰隆一声，烧成一团火。弄不好，还会出事。陶虎臣的一只左眼坏了，就是因为有一次放焰火，出了故障，不着了，他搭了梯子爬到架上去看，不想焰火忽然又响了，一个火球迸进了瞳孔。

陶虎臣坏了一只眼睛，还看不出太大的破相，不像一般有残疾的人往往显得很凶狠。他依然随时是和颜悦色的，带着宽厚而慈祥的笑容。这种笑容，只有与世无争，生活上容易满足的人才会有。

但是他的这种心满意足的神情逐年在消退。鞭炮生意，是随着年成走的。什么时候风调雨顺，国泰民安，什么时候炮仗店就生意兴隆。这样的年头，能够老是有么？

“遍地桃花”近年很少人家来定货了。地方上多年未放焰火，有的孩子已经忘记放焰火是什么样子了。

陶虎臣长得很敦实，跟他的名字很相称。

靳彝甫和陶虎臣住在一条巷子里，相隔只有七八家。谁家的火灭了，孩子拿了一块劈柴，就能从另一家引了火来。他家很好认，门口钉着一块铁皮的牌子，红地黑字：“靳彝甫画寓。”

这城里画画的，有三种人。

一种是画家。这种人大都有田有地，不愁衣食，作画只是自己消遣，或作为应酬的工具。他们的画是不卖钱的。求画的人只是送几件很高雅的礼物。或一坛绍兴花雕，或火腿、鲥鱼、白沙枇杷，或一套讲究的宜兴紫砂茶具，或两大盆正在茁箭子的建兰。他们的画，多半是大写意，或半工半写。工笔画他们是不耐烦画的，也不会。

一种是画匠。他们所画的，是神像。画得最多的是“家神菩萨”。这“家神菩萨”是一个大家族：头一层是南海观音的一伙，第二层是玉皇大帝和他的朝臣，第三层是关帝老爷和周仓、关平，最下一层是财神爷。他们也在玻璃的反面用油漆画福禄寿三星（这种画美术史家称之为“玻璃油画”），作插屏。他们是在制造一种商品，不是作画。而且是流水作业，描衣纹的是一个人（照着底子描），“开脸”的是一个人，着色的是另一个人。他们的作坊，叫做“画匠店”。一个画匠店里常有七八个人同时做活，却听不到一点声音，因为画匠多半是哑巴。

靳彝甫两者都不是。也可以说是介乎两者之间的那么一种人。比较贴切些，应该称之为“画师”，不过本地无此说法，只是说“画画的”。他是靠卖画吃饭的，但不像画匠店那样在门口设摊或批发给卖门神“欢乐”的纸店[④]，他是等人登门求画的（所以挂“画寓”的招牌）。他的画按尺论价，大青大绿另加，可以点题。来求画的，多半是茶馆酒肆、茶叶店、参行、钱庄的老板或管事。也有那些闲钱不多，送不起重礼，攀不上高门第的画家，又不甘于家里只有四堵素壁的中等人家。他们往往喜欢看着他画，靳彝甫也就欣然对客挥毫。主客双方，都很满意。他的画署名（画匠的作品是从不署名的），但都不题上款，因为不好称呼，深了不是，浅了不是，题了，人家也未必高兴，所以只是简单地写四个字：“靳彝甫铭。”若是佛像，则题“靳铭沐手敬绘”。

靳家三代都是画画的。家里积存的画稿很多。因为要投合不同的兴趣，山水、人物、翎毛、花卉，什么都画。工笔、写意、浅绛、重彩不拘。

他家家传会写真，都能画行乐图（生活像）和喜神图（遗像）。中国的画像是有诀窍的。画师家都藏有一套历代相传的

“百脸图”。把人的头面五官加以分析，定出一百种类型。画时端详着对象，确定属于哪一类，然后在此基础上加减，画出来总是有几分像的。靳彝甫多年不画喜神了。因为画这种像，经常是在死人刚刚断气时，被请了去，在床前对着勾描。他不愿看死人。因此，除了至亲好友，这种活计，一概不应。有来求的，就说不会。行乐图，自从有了照相馆之后，也很少有人来要画了。

靳彝甫自己喜欢画的，是青绿山水和工笔人物。青绿山水、工笔人物，一年能收几件呢？因此，除了每年端午，他画几十张各式各样的钟馗，挂在巷口如意楼酒馆标价出售，能够有较多的收入，其余的时候，全家都是半饥半饱。

虽然是半饥半饱，他可是活得有滋有味，他的画室里挂着一块小匾，上书“四时佳兴”。画室前面有一个很小的天井。靠墙种了几竿玉屏箫竹。石条上摆着茶花、月季。一个很大的钧窑平盘里养着一块玲珑剔透的上水石，蒙了半寸厚的绿苔，长着虎耳草和铁线草。冬天，他总要养几头单瓣的水仙。不到三寸长的碧绿的叶子，开着白玉一样的繁花。春天，放风筝。他会那样耐烦地用一个称金子用的小戥子约着蜈蚣风筝两边脚上的鸡毛（鸡毛分量稍差，蜈蚣上天就会打滚）。夏天，用莲子种出荷花。不大的荷叶，直径三寸的花，下面养了一二分长的小鱼。秋天，养蟋蟀。他家藏有一本托名贾似道撰写的《秋虫谱》。养蟋蟀的泥罐还是他祖父留下来的旧物。每天晚上，他点一个灯笼，到阴城去掏蟋蟀。财神庙的那个侉子，常常一边喝酒、吃狗肉，一边看这位大胆的画师的灯笼走走，停停，忽上，忽下。

他有一盒爱若性命的东西，是三块田黄石章。这三块田黄都不大，可是跟三块鸡油一样！一块是方的，一块略长，还有一块不成形。数这块不成形的值钱，它有文三桥[⑤]刻的边款（篆文不知叫一个什么无知的人磨去了）。文三桥呀，可着全中国，你能找出几块？有一次，邻居家失火，他什么也没拿，只抢了这三块图章往外走。吃不饱的时候，只要把这三块图章拿出来看看，他就觉得对这个世界没有什么可抱怨的了。

这一年，这三个人忽然都交了好运。

王瘦吾的绳厂赚了钱。他可又觉得这个买卖货源、销路都有限，他早就想好了另外一宗生意。这个县北乡高田多种麦，出极好的麦秸，当地农民多以掐草帽辫为副业。每年有外地行商来，以极便宜的价钱收去。稍经加工，就成了草帽，又以高价卖给农民。王瘦吾想：为什么不能就地制成草帽呢？这钱为什么要给外地人赚去呢？主意已定，他就把两台绞绳机盘出去，买了四架扎草帽的机子，请了一个师傅，教出三个徒弟，就在原来绳厂的旧址，办起了一个草帽厂。城里的买卖人都说：王瘦吾这步棋看得准，必赚无疑！草帽厂开张的那天，来道喜和看热闹的人很多。一盘草帽辫，在师傅手里，通过机针一扎，哒哒地响，一会儿工夫，哎，草帽盔出来了——又一会，草帽边！——成了！一顶一顶草帽，顷刻之间，摞得很高。这不是草帽，这是大洋钱呀！这一天，靳彝甫送来一张“得利图”，画着一个白须的渔翁，背着鱼篓，提着两尾金鳞赤尾的大鲤鱼。凡看了这张画的，无不大笑：这渔翁的长相，活脱就是王瘦吾！陶虎臣特地送来一挂遍地桃花满堂红的一千头的大鞭，砰砰磅磅响了好半天！

陶虎臣从来没有做过这么大的焰火生意。这一年闹大水。运河平了漕。西北风一起，大浪头翻上来，把河堤上丈把长的青石都卷了起来。看来，非破堤不可。很多人家扎了筏子，预备了大澡盆，天天晚上不敢睡，只等堤决水下来时逃命。不料，河水从下游泻出，伏汛安然度过，保住了无数人畜。秋收在望，市面繁荣，城乡一片喜气。有好事者倡仪：今年放放焰火！东西南北四城，都放！一台七套，四七二十八套。陶家独家承做了十四套——其余的，他匀给别的同行了。

四城的焰火错开了日子——为的是人们可以轮流赶着去看。东城定在七月十五。地点：阴城。

这天天气特别好。万里无云，一天皓月。阴城的正中，立起一个四丈多高的架子。有人早早吃了晚饭，就扛了板凳来等着了。各种卖小吃的都来了。卖牛肉高粱酒的，卖回卤豆腐干的，卖五香花生米的，芝麻灌香糖的，卖豆腐脑的，卖煮荸荠的，还有卖河鲜——卖紫皮鲜菱角和新剥鸡头米的……到处是“气死风”的四角玻璃灯，到处是白蒙蒙的热气、香喷喷的茴香八角气味。人们寻亲访友，说短道长，来来往往，亲亲热热。阴城的草都被踏倒了。人们的鞋底也叫秋草的浓汁磨得滑溜溜的。

忽然，上万双眼睛一齐朝着一个方向看。人们的眼睛一会儿睁大，一会儿眯细；人们的嘴一会儿张开，一会儿又合上；一阵阵叫喊，一阵阵欢笑，一阵阵掌声——陶虎臣点着了焰火了！

这种花盒子是有一点简单的故事情节的。最热闹的是“炮打泗州城”。起先是梅、兰、竹、菊四种花，接着是万花齐放。万花齐放之后，有一个间歇，木架子下面黑黑的，有人以为这一套已经放完了。不料一声炮响，花盒子又落下一层，照眼的灯球之中有一座四方的城，眼睛好的还能看见城门上“泗州”两个字（不知道为什么是泗州而不是别的城）。城外向里打炮，城里向外打，灯球飞舞，砰磅有声。最有趣的是“芦蜂追瘌子”，这是一个喜剧性的焰火。一阵火花之后，出现一个人—— 一个泥头的纸人，这人是个瘌瘌头，手里拿着一把破芭蕉扇。霎时间飞来了许多马蜂，这些马蜂——火花，纷纷扑向瘌瘌头，瘌瘌头四面躲闪，手里的芭蕉扇不停地挥舞起来。看到这里，满场大笑。这些辛苦得近于麻木的人，是难得这样开怀一笑的呀。最后一套是平平常常的，只是一阵火花之后，扑鲁扑鲁吊下四个大字：“天下太平。”字是灯球组成的。虽然平淡，人们还是舍不得离开。火光炎炎，逐渐消隐，这时才听到人们呼唤：

“二丫头，回家咧！”

“四儿，你在哪儿哪？”

“奶奶，等等我，我鞋掉了！”

人们摸摸板凳，才知道：呀，露水下来了。

靳彝甫捉到一只蟹壳青蟋蟀。消息很快就传开了。每天有人提了几罐蟋蟀来斗。都不是对手，而且都只是一个回合就分胜负。这只蟹壳青的打法很特别。它轻易不开牙，只是不动声色，稳稳地站着。突然扑上去，一口就咬破对方的肚子（据说蟋蟀的打法各有自己的风格，这种咬肚子的打法是最厉害的）。它瞿瞿地叫起来，上下摆动它的触须，就像戏台上的武生耍翎子。负伤的败将，怎么下“探子”[⑥]，也再不敢回头。于是有人怂恿他到兴化去。兴化养蟋蟀之风很盛，每年秋天有一个斗蟋蟀的集会。靳彝甫被人们说得心动了。王瘦吾、陶虎臣给他凑了一笔路费和赌本，他就带了几罐蟋蟀，搭船走了。

斗蟋蟀也像摔跤、击拳一样，先要约约运动员的体重。分量相等，才能入盘开斗。如分量低于对方而自愿下场者，听便。

没想到，这只蟋蟀给他赢了四十块钱。——四十块钱相当于一个小学教员两个月的薪水！靳彝甫很高兴，在如意楼定了几个菜，约王瘦吾、陶虎臣来喝酒。

（这只身经百战的蟋蟀后来在冬至那天寿终了，靳彝甫特地打了一个小小的银棺材，送到阴城埋了。）

没喝几杯，靳彝甫的孩子拿了一张名片，说是家里来了客。靳彝甫接过名片一看：“季匋民！”

“他怎么会来找我呢？”

季匋民是一县人引为骄傲的大人物。他是个名闻全国的大画家，同时又是大收藏家，大财主，家里有好田好地，宋元名迹。他在上海一个艺术专科大学当教授，平常难得回家。

“你回去看看。”

“我少陪一会。”

季匋民和靳彝甫都是画画的，可是气色很不一样。此人面色红润，双眼有光，浓黑的长髯，声音很洪亮。衣着很随便，但质料很讲究。

“我冒造宝府，唐突得很。”

“哪里哪里。只是我这寒舍，实在太小了。”

“小，而雅，比大而无当好！”

寒暄之后，季匋民说明来意：听说彝甫有几块好田黄，特地来看看。靳彝甫捧了出来，他托在手里，一块一块，仔仔细细看了。“好——好——好。匋民平生所见田黄多矣，像这样润的，少。”他估了估价，说按时下行情，值二百洋。有文三桥边款的一块就值一百。他很直率地问靳彝甫肯不肯割爱。靳彝甫也很直率地回答：“不到山穷水尽，不能舍此性命。”

“好！这像个弄笔墨的人说的话！既然如此，匋民绝不夺人之所爱。不过，如果你有一天想出手，得先尽我。”

“那可以。”

“一言为定。”

“一言为定。”

买卖不成，季匋民倒也没有不高兴。他又提出想看看靳彝甫家藏的画稿。靳彝甫祖父的，父亲的。——靳彝甫本人的，他也想看看。他看得很入神，拍着画案说：

“令祖，令尊，都被埋没了啊！吾乡固多才俊之士，而皆困居于蓬牖之中，声名不出于里巷，悲哉！悲哉！”

他看了靳彝甫的画，说：

“彝甫兄，我有几句话……”

“您请指教。”

“你的画，家学渊源。但是，有功力，而少境界。要变！山水，暂时不要画。你见过多少真山真水？人物，不要跟在改七芗、费晓楼后面跑，倪墨耕尤为甜俗。要越过唐伯虎，直追两宋南唐。我奉赠你两个字：古，艳。比如这张杨妃出浴，披纱用洋红，就俗。用朱红，加一点紫！把颜色搞得重重的！脸上也不要这样干净，给她贴几个花子！——你是打算就这样在家乡困着呢？还是想出去闯闯呢？出去，走走，结识一些大家，见见世面！到上海，那里人才多！”

他建议靳彝甫选出百十件画，到上海去开一个展览会。他认识朵云轩，可以借他们的地方。他还可以写几封信给上海名流，请他们为靳彝甫吹嘘吹嘘。他还嘱咐靳彝甫，卖了画，有了一点钱，要做两件事：读万卷书，行万里路。最后说：

“我今天很高兴。看了令祖、令尊的画稿，偷到不少的东西。——我把它化一化，就是杰作！哈哈哈哈……”

这位大画家就这样疯疯癫癫、哈哈大笑着，提了他的筇竹杖，一阵风似的走了。

靳彝甫一边卷着画，一边想：季匋民是见得多。他对自己的指点，很有道理，很令人佩服。但是，到上海、开展览会，结识名流……唉，有钱的名士的话怎么能当得真呢！他笑了。

没想到，三天之后，季匋民真的派人送来了七八封朱丝栏玉版宣的八行书。

靳彝甫的画展不算轰动，但是卖出去几十张画。那张在季匋民授意之下重画的杨妃出浴，一再有人重订。报上发了消息，一家画刊还选了他两幅画。这都是他没有想到的。王瘦吾和陶虎臣在家乡看到报，很替他高兴：“彝甫出了名了！”

卖了画，靳彝甫真的按照季匋民的建议，“行万里路”去了。一去三年，很少来信。

这三年啊！

王瘦吾的草帽厂生意很好。草帽没个什么讲究，买的人只是一图个结实，二图个便宜。他家出的草帽是就地产销，省了来回运费，自然比外地来的便宜得多。牌子闯出去了，买卖就好做。全城并无第二家，那四台哒哒作响的机子，把带着钱想买草帽的客人老远地就吸过来了。

不想遇见一个王伯韬。

这王伯韬是个开陆陈行的。这地方把买卖豆麦杂粮的行叫做陆陈行。人们提起陆陈行，都暗暗摇头。做这一行的，有两大特点：其一，是资本雄厚，大都兼营别的生意，什么买卖赚钱，他们就开什么买卖，眼尖手快。其二，都是流氓——都在帮。这城里发生过几起大规模的斗殴，都是陆陈行挑起的。打架的原因，都是抢行霸市。这种人一看就看得出来。他们的衣着和一般的生意人就不一样。不论什么时候，长衫里面的小褂的袖子总翻出很长的一截。料子也是老实商人所不用的。夏天是格子纺，冬天是法兰绒。脚底下是黑丝袜，方口的黑纹皮面的硬底便鞋。王伯韬和王瘦吾是同宗，见面总是“瘦吾兄”长，“瘦吾兄”短。王瘦吾不爱搭理他，尽可能地躲着他。

谁知偏偏躲不开，而且天天要见面。王伯韬也开了一家草帽厂，就在王瘦吾的草帽厂的对门！他新开的草帽厂有八台机子，八个师傅，门面、柜台，一切都比王瘦吾的大一倍。

王伯韬真是不顾血本，把批发、零售价都压得极低。王瘦吾算算，这样的定价，简直无利可图。他不服这口气，也随着把价钱落下来。

王伯韬坐在对面柜台里，还是满脸带笑，“瘦吾兄”长，“瘦吾兄”短。

王瘦吾撑了一年，实在撑不住了。

王伯韬放出话来：“瘦吾要是愿意把四台机子让给我，他多少钱买的，我多少钱要！”

四台机子，连同库存的现货，辫子，全部倒给了王伯韬。王瘦吾气得生了一场重病。一病一年多。卖机子的钱、连同小绒线店的底本，全变成了药渣子，倒在门外的街上了。

好不容易，能起来坐一坐，出门走几步了。可是人瘦得像一张纸，一阵风吹过，就能倒下。

陶虎臣呢？

头一年，因为四乡闹土匪，连城里都出了几起抢案，县政府和当地驻军联名出了一张布告：“冬防期间，严禁燃放鞭炮。”炮仗店平时生意有限，全指着年下。这一冬防，可把陶虎臣防苦了。且熬着，等明年吧。

明年！蒋介石搞他娘的“新生活”[7]，根本取缔了鞭炮。城里几家炮仗店统统关了张。陶虎臣别无产业，只好做一点“黄烟子”和蚊烟混日子。“黄烟子”也像是个炮仗，只是里面装的不是火药而是雄黄，外皮也是黄的。点了捻子，不响，只是从屁股上冒出一股黄烟，能冒半天。这种东西，端午节人家买来，点着了扔在床脚柜底熏五毒；孩子们把黄烟屁股抵在板壁上写“虎”字。蚊烟是在一个皮纸的空套里装上锯末，加一点芒硝和鳝鱼骨头，盘成一盘，像一条蛇。这东西点起来味道很呛，人和蚊子都受不了。这两种东西，本来是炮仗店附带做做的，靠它赚钱吃饭，养家活口的，怎么行呢？—— 一年有几个端午节？蚊子也不是四季都有啊！

第三年，陶家炮仗店的铺闼子门[8]下了一把牛鼻子铁锁，再也打不开了。陶家的锅，也揭不开了。起先是喝粥——喝稀粥，后来连稀粥也喝不成了。陶虎臣全家，已经饿了一天半。

有那么一个缺德的人敲开了陶家的门。这人姓宋，人称宋保长，他是什么事都干得出来，什么钱也敢拿的。他来做媒了。二十块钱，陶虎臣把女儿嫁给了一个驻军的连长。这连长第二天就开拔。他倒什么也不挑，只要是一个黄花闺女。陶虎臣跳着脚大叫：“不要说得那么好听！这不是嫁！这是卖！你们到大街去打锣喊叫：我陶虎臣卖女儿！你们喊去！我不害臊！陶虎臣！你是个什么东西！陶虎臣！我操你八辈祖奶奶！你就这样没有能耐呀！”女儿的妈和弟弟都哭。女儿倒不哭，反过来劝爹：“爹！爹！您别这样！我愿意！——真的！爹！我真的愿意！”她朝上给爹妈磕了头，又趴在弟弟的耳边说了一句话。这一句话是：“饿的时候，忍着，别哭。”弟弟直点头。女儿走到爹床前，说了声：“爹！我走啦！您保重！”陶虎臣脸对墙躺着，连头都没有回，他的眼泪哗哗地往下淌。

两个半月过去了。陶家一直就花这二十块钱。二十块钱剩得不多了，女儿回来了。妈脱下女儿的衣服一看，什么都明白了：这连长天天打她。女儿跟妈妈偷偷地说："妈，我过上了他的脏病。"

岁暮天寒，彤云酿雪，陶虎臣无路可走，他到阴城去上吊。

他没有死成。他刚把腰带拴在一棵树上，把头伸进去，一个人拦腰把他抱住，一刀砍断了腰带。这人是住在财神庙的那个侉子。

靳彝甫回来了。他一到家，听说陶虎臣的事，连脸都没洗，拔脚就往陶家去。陶虎臣躺在一领破芦席上，拥着一条破棉絮。靳彝甫掏出五块钱来，说："虎臣，我才回来，带的钱不多，你等我一天！"

跟脚，他又奔王瘦吾家。瘦吾也是家徒四壁了。他正在对着空屋发呆。靳彝甫也掏出五块钱，说："瘦吾，你等我一天！"

第三天，靳彝甫约王瘦吾、陶虎臣到如意楼喝酒。他从内衣口袋里掏出两封洋钱，外面裹着红纸。一看就知道，一封是一百。他在两位老友面前，各放了一封。

"先用着。"

"这钱——？"

靳彝甫笑了笑。

那两个都明白了：彝甫把三块田黄给季匋民送去了。

靳彝甫端起酒杯说："咱们今天醉一次。"

那两个同意。

"好，醉一次！"

这天是腊月三十。这样的时候，是不会有人上酒馆喝酒的。如意楼空荡荡的，就只有这三个人。

外面，正下着大雪。

一九八〇年八月二十日初稿

十一月二十日二稿

载一九八一年第三期《十月》

① 桐木刨出来的薄薄的长条。泡在水里，稍带黏性。过去女人梳头掠鬓，离不开它。

② 现在的年轻人连钉鞋也不知道了！钉鞋是一双纳帮很结实的布鞋，也有用生牛皮做的，在桐油里浸过，鞋底钉了很多奶头大的铁钉。在未有胶鞋之前，这便是雨鞋。

③ 这是店铺里打牙祭的日子。

④ 在梅红纸上用刻刀镂刻出透空的细致的吉祥花纹，贴在门头上，小的叫"吊钱"，大的叫"欢乐"。有的地方叫"吊挂"。

⑤ 文徵明的长子，名彭，字寿承，三桥是他的别号。

⑥ 探子是刺激蟋蟀的斗志用的。北方多用猪鬃；南方多用四杈草掰成细须，九蒸九晒。

⑦ "新生活"是蒋介石搞的"新生活"运动，提倡"礼义廉耻"，到处刷写着"礼义廉耻，国之四维。四维不张，国乃灭亡"；限制行人靠左边走；废除作揖，改行握手；禁止燃放鞭炮，等等。总之，大家都过新生活，不许过旧生活！

⑧ 这地方店铺的门一般都是一块一块狭长的门板，上在门槛的槽里，称为"铺闼子"。

大淖记事

一

这地方的地名很奇怪，叫做大淖。全县没有几个人认得这个淖字。县境之内，也再没有别的叫做什么淖的地方。据说这是蒙古话。那么这地名大概是元朝留下的。元朝以前这地方有没有，叫做什么，就无从查考了。

淖，是一片大水。说是湖泊，似还不够，比一个池塘可要大得多，春夏水盛时，是颇为浩淼的。这是两条水道的河源。淖中央有一条狭长的沙洲。沙洲上长满茅草和芦荻。春初水暖，沙洲上冒出很多紫红色的芦芽和灰绿色的蒌蒿[①]，很快就是一片翠绿了。夏天，茅草、芦荻都吐出雪白的丝穗，在微风中不住地点头。秋天，全都枯黄了，就被人割去，加到自己的屋顶上去了。冬天，下雪，这里总比别处先白。化雪的时候，也比别处化得慢。河水解冻了，发绿了，沙洲上的残雪还亮晶晶地堆积着。这条沙洲是两条河水的分界处。从淖里坐船沿沙洲西面北行，可以看到高阜上的几家炕房。绿柳丛中，露出雪白的粉墙，黑漆大书四个字："鸡鸭炕房"，非常显眼。炕房门外，照例都有一块小小土坪，有几个人坐在树桩上负曝闲谈。不时有人从门里挑出一副很大的扁圆的竹笼，笼口络着绳网，里面是松花黄色的，毛茸茸，挨挨挤挤，啾啾乱叫的小鸡小鸭。由沙洲往东，要经过一座浆坊。浆是浆衣服用的。这里的人，衣服被里洗过后，都要浆一浆。浆过的衣服，穿在身上沙沙作响。浆是芡实水磨，加一点明矾，澄去水分，晒干而成。这东西是不值什么钱的。一大盆衣被，只要到杂货店花两三个铜板，买一小块，用热水冲开，就足够用了。但是全县浆粉都由这家供应（这东西是家家用得着的），所以规模也不算小了。浆坊有四五个师傅忙碌着。喂着两头毛驴，轮流上磨。浆坊门外，有一片平场，太阳好的时候，每天晒着浆块，白得叫人眼睛都睁不开。炕房、浆坊附近还有几家买卖荸荠、茨菇、菱角、鲜藕的鲜货行，集散鱼蟹的鱼行和收购青草的草行。过了炕房和浆坊，就都是田畴麦垅，牛棚水车，人家的墙上贴着黑黄色的牛屎粑粑——牛粪和水，拍成饼状，直径半尺，整齐地贴在墙上晾干，作燃料，已经完全是农村的景色了。由大淖北去，可至北乡各村。东去可至一沟、二沟、三垛、樊川、界首，直达邻县兴化。

大淖的南岸，有一座漆成绿色的木板房，房顶、地面，都是木板的。这原是一个轮船公司。靠外手是候船的休息室。往里去，临水，就是码头。原来曾有一只小轮船，往来本城和兴化，隔日一班，单日开走，双日返回。小轮船漆得花花绿绿的，飘着万国旗，机器突突地响，烟筒冒着黑烟，装货、卸货，上客、下客，也有卖牛肉、高粱酒、花生瓜子、芝麻灌香糖的小贩，吆吆喝喝，是热闹过一阵的。后来因为公司赔了本，股东无意继续经营，就卖船停业了。这间木板房子倒没有拆去。现在里面空荡荡、冷清清，只有附近的野孩子到候船室来唱戏玩，棍棍棒棒，乱打一气；或到码头上比赛撒尿。七八个小家伙，齐齐地站成一排，把一泡泡骚尿哗哗地撒到水里，看谁尿得最远。

大淖指的是这片水，也指水边的陆地。这里是城区和乡下的交界处。从轮船公司往南，穿过一条深巷，就是北门外东大街了。坐在大淖的水边，可以听到远远地一阵一阵朦朦胧胧的市声，但是这里的一切和街里不一样。这里没有一家店铺。这里的颜色、声音、气味和街里不一样。这里的人也不一样。他们的生活，他们的风俗，他们的是非标准、伦理道德观念和街里的穿长衣念过“子曰”的人完全不同。

二

由轮船公司往东往西，各距一箭之遥，有两丛住户人家。这两丛人家，也是互不相同的，各是各的乡风。

西边是几排错错落落的低矮的瓦屋。这里住的是做小生意的。他们大都不是本地人，是从下河一带，兴化、泰州、东台等处来的客户。卖紫萝卜的（紫萝卜是比荸荠略大的扁圆形的萝卜，外皮染成深蓝紫色，极甜脆），卖风菱的（风菱是很大的两角的菱角，壳极硬），卖山里红的，卖熟藕（藕孔里塞了糯米煮熟）的。还有一个从宝应来的卖眼镜的，一个从杭州来的卖天竺筷的。他们像一些候鸟，来去都有定时。来时，向相熟的人家租一间半间屋子，住上一阵，有的住得长一些，有的短一些，到生意做完，就走了。他们都是日出而作，日入而息。吃罢早饭，各自背着、扛着、挎着、举着自己的货色，用不同的乡音，不同的腔调，吟唱吆唤着上街了。到太阳落山，又都像鸟似的回到自己的窝里。于是从这些低矮的屋檐下就都飘出带点甜味而又呛人的炊烟（所烧的柴草都是半干不湿的）。他们做的都是小本生意，赚钱不大。因为是在客边，对人很和气，凡事忍让，所以这一带平常总是安安静静的，很少有吵嘴打架的事情发生。

这里还住着二十来个锡匠，都是兴化帮。这地方兴用锡器，家家都有几件锡制的家伙。香炉、蜡台、痰盂、茶叶罐、水壶、茶壶、酒壶，甚至尿壶，都是锡的。嫁闺女时都要陪送一套锡器。最少也要有两个能容四五升米的大锡罐，摆在柜顶上，否则就不成其为嫁妆。出阁的闺女生了孩子，娘家要送两大罐糯米粥（另外还要有两只老母鸡，一百鸡蛋），装粥用的就是娘柜顶上的这两个锡罐。因此，二十来个锡匠并不显多。

锡匠的手艺不算费事，所用的家什也较简单。一副锡匠担子，一头是风箱，绳系里夹着几块锡板；一头是炭炉和两块二尺见方，一面裱着好几层表芯纸的方砖。锡器是打出来的，不是铸出来的。人家叫锡匠来打锡器，一般都是自己备料——把几件残旧的锡器回炉重打。锡匠在人家门道里或是街边空地上，支起担子，拉动风箱，在锅里把旧锡化成锡水——锡的熔点很低，不大一会就化了；然后把两块方砖对合着（裱纸的一面朝里），在两砖之间压一条绳子，绳子按照要打的锡器圈成近似的形状，绳头留在砖外，把锡水由绳口倾倒过去，两砖一压，就成了锡片；然后，用一个大剪子剪剪，用一个木棰在铁砧上敲敲打打，大约一两顿饭工夫就成型了。锡是软的，打锡器不像打铜器那样费劲，也不那样吵人。粗使的锡器，就这样就能交活。若是细巧的，就还要用刮刀刮一遍，用砂纸打一打，用竹节草（这种草中药店有卖的）磨得锃亮。

这一帮锡匠很讲义气。他们扶持疾病，互通有无，从不抢生意。若是合伙做活，工钱也分得很公道。这帮锡匠有一个头领，是个老锡匠，他说话没有人不听。老锡匠人很耿直，对其余的锡匠（不是他的晚辈就是他的徒弟）管教得很紧。他不许他们赌钱喝酒；嘱咐他们出外做活，要童叟无欺，手脚要干净；不许和妇道嬉皮笑脸。他教他们不要怕事，也绝不要惹事。除了上市应活，平常不让到处闲游乱窜。

老锡匠会打拳，别的锡匠也跟着练武。他屋里有好些白蜡杆，三节棍，没事便搬到外面场地上打对儿。老锡匠说：这是消遣，也可以防身，出门在外，会几手拳脚不吃亏。除此之外，锡匠们的娱乐便是唱唱戏。他们唱的这种戏叫做“小开口”，是一种地方小戏，唱腔本是萨满教的香火（巫师）请神唱的调子，所以又叫“香火戏”。这些锡匠并不信萨满教，但大都会唱香火戏。戏的曲调虽简单，内容却是成本大套，李三娘挑水推磨，生下咬脐郎；白娘子水漫金山；刘金定招亲；方卿唱道情……可以坐唱，也可以化了装彩唱。遇到阴天下雨，不能出街，他们能吹打弹唱一整天。附近的姑娘媳妇都挤过来看——听。

老锡匠有个徒弟，也是他的侄儿，在家大排行第十一，小名就叫个十一子，外人都只叫他小锡匠。这十一子是老锡匠的一件心事。因为他太聪明，长得又太好看了。他长得挺拔厮称，肩宽腰细，唇红齿白，浓眉大眼，头戴遮阳草帽，青鞋净袜，全身衣服整齐合体。天热的时候，敞开衣扣，露出扇面也似的胸脯，五寸宽的雪白的板带煞得很紧。走起路来，高抬脚，轻着地，麻溜利索。锡匠里出了这样一个一表人才，真是鸡窝里飞出了金凤凰。老锡匠心里明白：唱“小开口”的时候，那些挤过来的姑娘媳妇，其实都是来看这位十一郎的。

老锡匠经常告诫十一子，不要和此地的姑娘媳妇拉拉扯扯，尤其不要和东头的姑娘媳妇有什么勾搭：“她们和我们不是一样的人！”

三

轮船公司东头都是草房，茅草盖顶，黄土打墙，房顶两头多盖着半片破缸破瓮，防止大风时把茅草刮走。这里的人，世代相传，都是挑夫。男人、女人、大人、孩子，都靠肩膀吃饭。

挑得最多的是稻子。东乡、北乡的稻船，都在大淖靠岸。满船的稻子，都由这些挑夫挑走。或送到米店，或送进哪家大户的廒仓，或挑到南门外琵琶闸的大船上，沿运河外运。有时还会一直挑到车逻、马棚湾这样很远的码头上。单程一趟，或五六里，或七八里、十多里不等。一二十人走成一串，步子走得很匀，很快。一担稻子一百五十斤，中途不歇肩。一路不停地打着号子。换肩时一齐换肩。打头的一个，手往扁担上一搭，一二十副担子就同时由右肩转到左肩上来了。每挑一担，领一根“筹子”——尺半长，一寸宽的竹牌，上涂白漆，一头是红的。到傍晚凭筹领钱。

稻谷之外，什么都挑。砖瓦、石灰、竹子（挑竹子一头拖在地上，在砖铺的街面上擦得刷刷地响），桐油（桐油很重，使扁担不行，得用木杠，两人抬一桶）……因此，一年三百六十天，天天有活干，饿不着。

十三四岁的孩子就开始挑了。起初挑半担，用两个柳条笆斗。练上一二年，人长高了，力气也够了，就挑整担，像大人一样的挣钱了。

挑夫们的生活很简单：卖力气，吃饭。一天三顿，都是干饭。这些人家都不盘灶，烧的是“锅腔子”——黄土烧成的矮瓮，一面开口烧火。烧柴是不花钱的。淖边常有草船，乡下人挑芦柴入街去卖，一路总要撒下一些。凡是尚未挑担挣钱的孩子，就一人一把竹筢，到处去搂。因此，这些顽童得到一个稍带侮辱性的称呼，叫做“筢草鬼子”。有时懒得费事，就从乡下人的草担上猛力拽出一把，拔腿就溜。等乡下人撂下担子叫骂时，他们早就没影儿了。锅腔子无处出烟，烟子就横溢出来，飘到大淖水面上，平铺开来，停留不散。这些人家无隔宿之粮，都是当天买，当天吃。吃的都是脱粟的糙米。一到饭时，就看见这些茅草房子的门口蹲着一些男子汉，捧着一个蓝花大海碗，碗里是骨堆堆的一碗紫红紫红的米饭，一边堆着青菜小鱼、臭豆腐、腌辣椒，大口大口地在吞食。他们吃饭不怎么嚼，只在嘴里打一个滚，咕咚一声就咽下去了。看他们吃得那样香，你会觉得世界上再没有比这个饭更好吃的饭了。

他们也有年，也有节。逢年过节，除了换一件干净衣裳，吃得好一些，就是聚在一起赌钱。赌具，也是钱。打钱，滚钱。打钱：各人拿出一二十铜元，叠成很高的一摞。参与者远远地用一个钱向这摞铜钱砸去，砸倒多少取多少。滚钱又叫“滚五七寸”。在一片空场上，各人放一摞钱；一块整砖支起一个斜坡，用一个铜元由砖面落下，向钱注密处滚去，钱停住后，用事前备好的两根草棍量一量，如距钱注五寸，滚钱者即可吃掉这一注；距离七寸，反赔出与此注相同之数。这种古老的博法使挑夫们得到极大的快乐。旁观的闲人也不时大声喝采，为他们助兴。

这里的姑娘媳妇也都能挑。她们挑得不比男人少，走得不比男人慢。挑鲜货是她们的专业。大概是觉得这种水淋淋的东西对女人更相宜，男人们是不屑于去挑的。这些“女将”都生得颀长俊俏，浓黑的头发上涂了很多梳头油，梳得油光水滑（照当地说法是：苍蝇站上去都会闪了腿）。脑后的发髻都极大。发髻的大红头绳的发根长到二寸，老远就看到通红的一截。她们的发髻的一侧总要插一点什么东西。清明插一个柳球（杨柳的嫩枝，一头拿牙咬着，把柳枝的外皮连同鹅黄的柳叶使劲往下一抹，成一个小小球形），端午插一丛艾叶，有鲜花时插一朵栀子、一朵夹竹桃，无鲜花时插一朵大红剪绒花。因为常年挑担，衣服的肩膀处易破，她们的托肩多半是换过的。旧衣服，新托肩，颜色不一样，这几乎成了大淖妇女的特有的服饰。一二十个姑娘媳妇，挑着一担担紫红的荸荠、碧绿的菱角、雪白的连枝藕，走成一长串，风摆柳似的嚓嚓地走过，好看得很！

她们像男人一样挣钱，走相、坐相也像男人。走起来一阵风，坐下来两条腿叉得很开。她们像男人一样赤脚穿草鞋（脚指甲却用凤仙花染红）。她们嘴里不忌生冷，男人怎么说话她们怎么说话，她们也用男人骂人的话骂人。打起号子来也是“好大娘个歪歪子咧！”——“歪歪子咧……”

没出门子的姑娘还文雅一点，一做了媳妇就简直是“姜太公在此百无禁忌”，要多野有多野。有一个老光棍黄海龙，年轻时也是挑夫，后来腿脚有了点毛病，就在码头上看看稻船，收收筹子。这老头儿老没正经，一把胡子了，还喜欢在媳妇们的胸前屁股上摸一把，拧一下。按辈份，他应当被这些媳妇称呼一声叔公，可是谁都管他叫“老骚胡子”。有一天，他又动手动脚的，几个媳妇一咬耳朵，一二三，一齐上手，眨眼之间叔公的裤子就挂在大树顶上了。有一回，叔公听见卖饺面②的挑着担子，敲着竹梆走来，他又来劲了：“你们敢不敢到淖里洗个澡？——敢，我一个人输你们两碗饺面！”——“真的？”——“真的！”——“好！”几个媳妇脱了衣服跳到淖里扑通扑通洗了一会。爬上岸就大声喊叫：

“下面！”

这里人家的婚嫁极少明媒正娶，花轿吹鼓手是挣不着他们的钱的。媳妇，多是自己跑来的；姑娘，一般是自己找人。她们在男女关系上是比较随便的。姑娘在家生私孩子；一个媳妇，在丈夫之外，再“靠”一个，不是稀奇事。这里的女人和男人好，还是恼，只有一个标准：情愿。有的姑娘、媳妇相与了一个男人，自然也跟他要钱买花戴，但是有的不但不要他们的钱，反而把钱给他花，叫做“倒贴”。

因此，街里的人说这里“风气不好”。

到底是哪里的风气更好一些呢？难说。

四

大淖东头有一户人家。这一家只有两口人，父亲和女儿。父亲名叫黄海蛟，是黄海龙的堂弟（挑夫里姓黄的多）。原来是挑夫里的一把好手。他专能上高跳。这地方大粮行的“窝积”（长条芦席围成的粮囤），高到三四丈，只支一只单跳，很陡。上高跳要提着气一口气窜上去，中途不能停留。遇到上了一点岁数的或者“女将”，抬头看看高跳，有点含胡，他就走过去接过二百斤的担子，一支箭似的上到跳顶，两手一提，把两箩稻子倒在“窝积”里，随即三五步就下到平地。因为为人忠诚老实，二十五岁了，还没有成亲。那年在车逻挑粮食，遇到一个姑娘向他问路。这姑娘留着长长的刘海，梳了一个“苏州俏”的发髻，还抹了一点胭脂，眼色张皇，神情焦急，她问路，可是连一个准地名都说不清，一看就知道是大户人家逃出来的使女。黄海蛟和她攀谈了一会，这姑娘就表示愿意跟着他过。她叫莲子——这地方丫头、使女多叫莲子。

莲子和黄海蛟过了一年，给他生了个女儿。七月生的，生下的时候满天都是五色云彩，就取名叫做巧云。

莲子的手很巧，也勤快，只是爱穿件华丝葛的裤子，爱吃点瓜子零食，还爱唱“打牙牌”之类的小调：“凉月子一出照楼梢，打个呵欠伸懒腰，瞌睡子又上来了。哎哟，哎哟，瞌睡子又上来了……”这和大淖的乡风不大一样。

巧云三岁那年，她的妈莲子，终于和一个过路戏班子的一个唱小生的跑了。那天，黄海蛟正在马棚湾。莲子把黄海蛟的衣裳都浆洗了一遍，巧云的小衣裳也收拾在一起，焖了一锅饭，还给老黄打了半斤酒，把孩子托给邻居，说是她出门有点事，锁了门，从此就不知去向了。

巧云的妈跑了，黄海蛟倒没有怎么伤心难过。这种事情在大淖这个地方也值不得大惊小怪。养熟的鸟还有飞走的时候呢，何况是一个人！只是她留下的这块肉，黄海蛟实在是疼得不行。他不愿巧云在后娘的眼皮底下委委屈屈地生活，因此发心不再续娶。他就又当爹又当妈，和女儿巧云在一起过了十几年。他不愿巧云去挑扁担，巧云从十四岁就学会结鱼网和打芦席。

巧云十五岁，长成了一朵花。身材、脸盘都像妈。瓜子脸，一边有个很深的酒窝。眉毛黑如鸦翅，长入鬓角。眼角有点吊，是一双凤眼。睫毛很长，因此显得眼睛经常是眯睎着；忽然回头，睁得大大的，带点吃惊而专注的神情，好像听到远处有人叫她似的。她在门外的两棵树杈之间结网，在淖边平地上织席，就有一些少年人装着有事的样子来来去去。她上街买东西，甭管是买肉、买菜，打油、打酒，撕布、量头绳，买梳头油、雪花膏，买石碱、浆块，同样的钱，她买回来，分量都比别人多，东西都比别人的好。这个奥秘早被大娘、大婶们发现，她们都托她买东西。只要巧云一上街，都挎了好几个竹篮，回来时压得两个胳臂酸疼酸疼。泰山庙唱戏，人家都自己扛了板凳去。巧云散着手就去了。一去了，总有人给她找一个得看的好座。台上的戏唱得正热闹，但是没有多少人叫好。因为好些人不是在看戏，是看她。

巧云十六了，该张罗着自己的事了。谁家会把这朵花迎走呢？炕房的老大？浆坊的老二？鲜货行的老三？他们都有这意思。这点意思黄海蛟知道了，巧云也知道。不然他们老到淖东头来回晃摇是干什么呢？但是巧云没怎么往心里去。

巧云十七岁，命运发生了一个急转直下的变化。她的父亲黄海蛟在一次挑重担上高跳时，一脚踏空，从三丈高的跳板上摔下来，摔断了腰。起初以为不要紧，养养就好了。不想喝了好多药酒，贴了好多膏药，还不见效。她爹半瘫了，他的腰再也直不起来了。他有时下床，扶着一个剃头担子上用的高板凳，格登格登地走一截，平常就只好半躺下靠在一摞被窝上。他不能用自己的肩膀为女儿挣几件新衣裳，买两枝花，却只能由女儿用一双手养活自己了。还不到五十岁的男子汉，只能做一点老太婆做的事：绩了一捆又一捆的供女儿结网用的麻线。事情很清楚：巧云不会撇下她这个老实可怜的残废爹。谁要愿意，只能上这家来当一个倒插门的养老女婿。谁愿意呢？这家的全部家产只有三间草屋（巧云和爹各住一间，当中是一个小小的堂屋）。老大、老二、老三时不时走来走去，拿眼睛瞟着隔着一层鱼网或者坐在雪白的芦席上的一个苗条的身子。他们的眼睛依然不缺乏爱慕，但是减少了几分急切。

老锡匠告诫十一子不要老往淖东头跑，但是小锡匠还短不了要来。大娘、大婶、姑娘、媳妇有旧壶翻新，总喜欢叫小锡匠来；从大淖过深巷上大街也要经过这里，巧云家门前的柳阴是一个等待雇主的好地方。巧云织席，十一子化锡，正好做伴。有时巧云停下活计，帮小锡匠拉风箱。有时巧云要回家看看她的残废爹，问他想不想吃烟喝水，小锡匠就压住炉里的火，帮她织一气席。巧云的手指划破了（织席很容易划破手，压扁的芦苇薄片，刀一样地锋快），十一子就帮她吮吸指头肚子上的血。巧云从十一子口里知道他家里的事：他是个独子，没有兄弟姐妹。他有一个老娘，守寡多年了。他娘在家给人家做针线，眼睛越来越不好，他很担心她有一天会瞎……

好心的大人路过时会想：这倒真是两只鸳鸯，可是配不成对。一家要招一个养老女婿，一家要接一个当家媳妇，弄不到一起。他们俩呢，只是很愿意在一处谈谈坐坐。都到岁数了，心里不是没有。只是像一片薄薄的云，飘过来，飘过去，下不成雨。

有一天晚上，好月亮，巧云到淖边一只空船上去洗衣裳（这里的船泊定后，把桨拖到岸上，寄放在熟人家，船就拴在那里，无人看管，谁都可以上去）。她正在船头把身子往前倾着，用力涮着一件大衣裳，一个不知轻重的顽皮野孩子轻轻走到她身后，伸出两手咯吱她的腰。她冷不防，一头栽进了水里。她本会一点水，但是一下子懵了。这几天水又大，流很急。她挣扎了两下，喊救人，接连喝了几口水。她被水冲走了！正赶上十一子在炕房门外土坪上打拳，看见一个人冲了过来，头发在水上漂着。他褪下鞋子，一猛子扎到水底，从水里把她托了起来。

十一子把她肚子里的水控了出来，巧云还是昏迷不醒。十一子只好把她横抱着，像抱一个婴儿似的，把她送回去。她浑身是湿的，软绵绵，热乎乎的。十一子觉得巧云紧紧挨着他，越挨越紧。十一子的心怦怦地跳。

到了家，巧云醒来了。（她早就醒来了！）十一子把她放在床上。巧云换了湿衣裳（月光照出她的美丽的少女的身体）。十一子抓一把草，给她熬了半铞子姜糖水，让她喝下去，就走了。

巧云起来关了门，躺下。她好像看见自己躺在床上的样子。月亮真好。

巧云在心里说："你是个呆子！"

她说出声来了。

不大一会，她也就睡死了。

就在这一天夜里，另外一个人，拨开了巧云家的门。

五

由轮船公司对面的巷子转东大街，往西不远，有一个道士观，叫做炼阳观。现在没有道士了，里面住了不到一营水上保安队。这水上保安队是地方武装。他们名义上归县政府管辖，饷银却由县商会开销，水上保安队的任务是下乡剿土匪。这一带土匪很多，他们抢了人，绑了票，大都藏匿在芦荡湖泊中的船上（这地方到处是水），如遇追捕，便于脱逃。因此，地方绅商觉得很需要成立一个特殊的武装力量来对付这些成帮结伙的土匪。水上保安队装备是很好的。他们乘的船是“铁板划子”——船的三面都有半人高、三四分厚的铁板，子弹是打不透的。铁板划子就停在大淖岸边，样子很高傲。一有任务，就看见大兵们扛着两挺水机关，用箩筐抬着多半筐子弹（子弹不用箱装，却使箩抬，颇奇怪），上了船，开走了。

或七八天，或十天半月，他们得胜回来了（他们有铁板划子，又有水机关，对土匪有压倒优势，很少有伤亡）。铁板划子靠了岸，上岸列队，由深巷，上大街，直奔县政府。这队伍是四列纵队。前面是号队。这不到一营的人，却有十二支号。一上大街，就“打打打滴打大打滴大打”，齐齐整整地吹起来。后面是全队弟兄，一律荷枪实弹。号队之后，大队之前的正中，是捉来的土匪。有时三个五个，有时只有一个，都是五花大绑。这队伍是很神气的。最妙的是被绑着的土匪也一律都合着号音，步伐整齐，雄赳赳气昂昂地走着。甚至值日官喊“一、二、三、四”，他们也随着大声地喊。大队上街之前，要由地保事先通知沿街店铺，凡有鸟笼的（有的店铺是养八哥、画眉的），都要收起来，因为土匪大哥看见不高兴，这是他们忌讳的（他们到了县政府，都下在大狱里，看见笼中鸟，就无出狱希望了）。看看这样的铜号放光，刺刀雪亮，还夹着几个带有传奇色彩的土匪英雄的威武雄壮的队伍，是这条街上的民众的一件快乐事情。其快乐程度不下于看狮子、龙灯、高跷、抬阁和僧道齐全、六十四杠的大出丧。

除了下乡办差，保安队的弟兄们没有什么事。他们除了把两挺水机关扛到大淖边突突地打两梭（把淖岸上的泥土打得簌簌地往下掉），平常是难得出操、打野外的。使人们感觉到这营把人的存在的，是这十二个号兵早晚练号。早晨八九点钟，下午四五点钟，他们就到大淖边来了。先是拔长音，然后各自吹几段，最后是合吹进行曲、三环号（他们吹三环号只是吹着玩，因为从来没有接受检阅的时候）。吹完号，就解散，想干什么干什么。有的，就轻手轻脚，走进一家的门外，咳嗽一声，随着，走了进去，门就关起来了。

这些号兵大都衣着整齐，干净爱俏。他们除了吹吹号，整天无事干，有的是闲空。他们的钱来得容易——饷钱倒不多，但每次下乡，总有犒赏；有时与土匪遭遇，双方谈条件，也常从对方手中得到一笔钱，手面很大方，花钱不在乎。他们是保护地方绅商的军人，身后有靠山，即或出一点什么事，谁也无奈他何。因此，这些大爷就觉得不风流风流，实在对不起自己，也辜负了别人。

十二个号兵，有一个号长，姓刘，大家都叫他刘号长。这刘号长前后跟大淖几家的媳妇都很熟。

拨开巧云家的门的，就是这个号长！

号长走的时候留下十块钱。

这种事在大淖不是第一次发生。巧云的残废爹当时就知道了。他拿着这十块钱，只是长长地叹了一口气。邻居们知道了，姑娘、媳妇并未多议论，只骂了一句：“这个该死的！”

巧云破了身子，她没有淌眼泪，更没有想到跳到淖里淹死。人生在世，总有这么一遭！只是为什么是这个人？真不该是这个人！怎么办？拿把菜刀杀了他？放火烧了炼阳观？不行！她还有个残废爹。她怔怔地坐在床上，心里乱糟糟的。她想起该起来烧早饭了。她还得结网，织席，还得上街。她想起小时候上人家看新娘子，新娘子穿了一双粉红的缎子花鞋。她想起她的远在天边的妈。她记不得妈的样子，只记得妈用一个筷子头蘸了胭脂给她点了一点眉心红。她拿起镜子照照，她好像第一次看清楚自己的模样。她想起十一子给她吮手指上的血，这血一定是咸的。她觉得对不起十一子，好像自己做错了什么事。她非常失悔：没有把自己给了十一子！

她的这个念头越来越强烈。这个号长来一次，她的念头就更强烈一分。

水上保安队又下乡了。

一天，巧云找到十一子，说："晚上你到大淖东边来，我有话跟你说。"

十一子到了淖边。巧云踏在一只"鸭撇子"（放鸭子用的小船，极小，仅容一人。这是一只公船，平常就拴在淖边。大淖人谁都可以撑着它到沙洲上挑蒌蒿，割茅草，拣野鸭蛋）上，把蒿子一点，撑向淖中央的沙洲，对十一子说："你来！"

过了一会，十一子泅水到了沙洲上。

他们在沙洲的茅草丛里一直呆到月到中天。

月亮真好啊!

六

十一子和巧云的事，师兄们都知道，只瞒着老锡匠一个人。他们偷偷地给他留着门，在门窝子里倒了水（这样推门进来没有声音）。十一子常常到天快亮的时候才回来。有一天，又是这时候才推开门。刚刚要钻被窝，听见老锡匠说：

“你不要命啦！”

这种事情怎么瞒得住人呢？终于，传到刘号长的耳朵里。其实没有人跟他嚼舌头，刘号长自己还不知道？巧云看见他都讨厌，她的全身都是冷淡的。刘号长咽不下这口气。本来，他跟巧云又没有拜过堂，完过花烛，闲花野草，断了就断了。可是一个小锡匠，夺走了他的人，这丢了当兵的脸。太岁头上动土，这还行！这种事从来没有发生过。连保安队的弟兄也都觉得面上无光，在人前矬了一截。他是只许自己在别人头上拉屎撒尿，不许别人在他脸上溅一星唾沫的。若是闭着眼过去，往后，保安队的人还混不混了？

有一天，天还没亮，刘号长带了几个弟兄，踢开巧云家的门，从被窝里拉起了小锡匠，把他捆了起来。把黄海蛟、巧云的手脚也都捆了，怕他们去叫人。

他们把小锡匠弄到泰山庙后面的坟地里，一人一根棍子，搂头盖脸地打他。

他们要小锡匠卷铺盖走人，回他的兴化，不许再留在大淖。

小锡匠不说话。

他们要小锡匠答应不再走进黄家的门，不挨巧云的身子。

小锡匠还是不说话。

他们要小锡匠告一声饶，认一个错。

小锡匠的牙咬得紧紧的。

小锡匠的硬铮把这些向来是横着膀子走路的家伙惹怒了，“你这样硬！打不死你！”——“打”，七八根棍子风一样、雨一样打在小锡匠的身上。

小锡匠被他们打死了。

锡匠们听说十一子被保安队的人绑走了，他们四处找，找到了泰山庙。

老锡匠用手一探，十一子还有一丝悠悠气。老锡匠叫人赶紧去找陈年的尿桶。他经验过这种事，打死的人，只有喝了从桶里刮出来的尿碱，才有救。

十一子的牙关咬得很紧，灌不进去。

巧云捧了一碗尿碱汤，在十一子的耳边说：“十一子，十一子，你喝了！”

十一子微微听见一点声音，他睁了睁眼。巧云把一碗尿碱汤灌进了十一子的喉咙。

不知道为什么，她自己也尝了一口。

锡匠们摘了一块门板，把十一子放在门板上，往家里抬。

他们抬着十一子，到了大淖东头，还要往西走。巧云拦住了：

"不要。抬到我家里。"

老锡匠点点头。

巧云把屋里存着的鱼网和芦席都拿到街上卖了，买了七厘散，医治十一子身子里的瘀血。

东头的几家大娘、大婶杀了下蛋的老母鸡，给巧云送来了。

锡匠们凑了钱，买了人参，熬了参汤。

挑夫，锡匠，姑娘，媳妇，川流不息地来看望十一子。他们把平时在辛苦而单调的生活中不常表现的热情和好心都拿出来了。他们觉得十一子和巧云做的事都很应该，很对。大淖出了这样一对年轻人，使他们觉得骄傲。大家的心喜洋洋，热乎乎的，好像在过年。

刘号长打了人，不敢再露面。他那几个弟兄也都躲在保安队的队部里不出来。保安队的门口加了双岗。这些好汉原来都是一窝"草鸡"！

锡匠们开了会。他们向县政府递了呈子，要求保安队把姓刘的交出来。

县政府没有答复。

锡匠们上街游行。这个游行队伍是很多人从未见过的。没有旗子，没有标语，就是二十来个锡匠挑着二十来副锡匠担子，在全城的大街上慢慢地走。这是个沉默的队伍，但是非常严肃。他们表现出不可侵犯的威严和不可动摇的决心。这个带有中世纪行帮色彩的游行队伍十分动人。

游行继续了三天。

第三天，他们举行了“顶香请愿”。二十来个锡匠，在县政府照壁前坐着，每人头上用木盘顶着一炉炽旺的香。这是一个古老的风俗：民有沉冤，官不受理，被逼急了的百姓可以用香火把县大堂烧了，据说这不算犯法。

这条规矩不载于《六法全书》，现在不是大清国，县政府可以不理会这种“陋习”。但是这些锡匠是横了心的，他们当真干起来，后果是严重的。县长邀请县里的绅商商议，一致认为这件事不能再不管。于是由商会会长出面，约请了有关的人：一个承审——作为县长代表、保安队的副官，老锡匠和另外两个年长的锡匠，还有代表挑夫的黄海龙，四邻见证——卖眼镜的宝应人，卖天竺筷的杭州人，在一家大茶馆里举行会谈，来“了”这件事。

会谈的结果是：小锡匠养伤的药钱由保安队负担（实际是商会拿钱），刘号长驱逐出境。由刘号长画押具结。老锡匠觉得这样就给锡匠和挑夫都挣了面子，可以见好就收了。只是要求在刘某人的甘结上写上一条：如果他再踏进县城一步，任凭老锡匠一个人把他收拾了！

过了两天，刘号长就由两个弟兄持枪护送，悄悄地走了。他被调到三垛去当了税警。

十一子能进一点饮食，能说话了。巧云问他：

“他们打你，你只要说不再进我家的门，就不打你了，你就不会吃这样大的苦了。你为什么不说？”

“你要我说么？”

“不要。”

“我知道你不要。”

“你值么？”

“我值。”

“十一子，你真好！我喜欢你！你快点好。”

“你亲我一下，我就好得快。”

“好，亲你！”

巧云一家有了三张嘴。两个男的不能挣钱，但要吃饭。大淖东头的人家都没有积蓄，也没有什么东西可以变卖典押。结鱼网，打芦席，都不能当时见钱。十一子的伤一时半会不会好，日子长了，怎么过呢？巧云没有经过太多考虑，把爹用过的箩筐找出来，磕磕尘土，就去挑担挣“活钱”去了。姑娘、媳妇都很佩服她。起初她们怕她挑不惯，后来看她脚下很快，很匀，也就放心了。从此，巧云就和邻居的姑娘媳妇在一起，挑着紫红的荸荠、碧绿的菱角、雪白的连枝藕，风摆柳似的穿街过市，发髻的一侧插着大红花。她的眼睛还是那么亮，长睫毛忽扇忽扇的。但是眼神显得更深沉，更坚定了。她从一个姑娘变成了一个很能干的小媳妇。

十一子的伤会好么？

会。

当然会！

一九八一年二月四日，旧历大年三十

载一九八一年第四期《北京文学》

① 蒌蒿是生于水边的野草，粗如笔管，有节，生狭长的小叶，初生二寸来高，叫作“蒌蒿薹子”，加肉炒食极清香。苏东坡诗：“竹外桃花三两枝，春江水暖鸭先知。蒌蒿满地芦芽短，正是河豚欲上时。”蒌蒿见之于诗，这大概是第一次。他很能写出节令风物之美。

② 一半馄饨一半面下在一起，当地叫作饺面。

八千岁

据说他是靠八千钱起家的，所以大家背后叫他八千岁。八千钱是八千个制钱，即八百枚当十的铜元。当地以一百铜元为一吊，八千钱也就是八吊钱。按当时银钱市价，三吊钱兑换一块银元，八吊钱还不到两块七角钱。两块七角钱怎么就能起了家呢？为什么整整是八千钱，不是七千九，不是八千一？这些，谁也不去追究，然而死死地认定了他就是八千钱起家的，他就是八千岁！

他如果不是一年到头穿了那样一身衣裳，也许大家就不会叫他八千岁了。他这身衣裳，全城无二。无冬历夏，总是一身老蓝布。这种老蓝布是本地土织，本地的染坊用蓝靛染的。染得了，还要由一个师傅双脚分叉，站在一个U字形的石碾上，来回晃动，加以碾砑，然后摊在河边空场上晒干。自从有了阴丹士林，这种老蓝布已经不再生产，乡下还有时能够见到，城里几乎没有人穿了。蓝布长衫，蓝布夹袍，蓝布棉袍，他似乎做得了这几套衣服，就没有再添置过。年复一年，老是这几套。有些地方已经洗得露了白色的经纬，而且打了许多补丁。衣服的款式也很特别，长度一律离脚面一尺。这种才能盖住膝盖的长衫，从前倒是有过，叫做“二马裾”。这些年长衫兴长，穿着拖齐脚面的铁灰洋绉时式长衫的年轻的“油儿”，看了八千岁的这身二马裾，觉得太奇怪了。八千岁有八千岁的道理，衣取蔽体，下面的一截没有用处，要那么长干什么？八千岁生得大头大脸，大鼻子大嘴，大手大脚，终年穿着二马裾，任人观看，心安理得。

他的儿子跟他长得一模一样，只是比他小一号，也穿着一身老蓝布的二马裾，只是老蓝布的颜色深一些，补丁少一些。父子二人在店堂里一站，活脱是大小两个八千岁。这就更引人注意了。八千岁这个名字也就更被人叫得死死的。

大家都知道八千岁现在很有钱。

八千岁的米店看起来不大，门面也很暗淡。店堂里一边是几个米囤子，囤里依次分别堆积着“头糙”“二糙”“三糙”“高尖”。头糙是只碾一道，才脱糠皮的糙米，颜色紫红。二糙较白。三糙更白。高尖则是雪白发亮几乎是透明的上好精米。四个米囤，由红到白，各有不同的买主。头糙卖给挑箩把担卖力气的，二糙、三糙卖给住家铺户，高尖只少数高门大户才用。一般人家不是吃不起，只是觉得吃这样的米有点“作孽”。另外还有两个小米囤，一囤糯米；一囤晚稻香粳——这种米是专门煮粥用的。煮出粥来，米长半寸，颜色浅碧如碧螺春茶，香味浓厚，是东乡三垛特产，产量低，价极昂。这两种米平常是没有人买的，只是既是米店，不能不备。另外一边是柜台，里面有一张账桌，几把椅子。柜台一头，有一块竖匾，白地子，上漆四个黑字，道是："食为民天。"竖匾两侧，贴着两个字条，是八千岁的手笔。年深日久，字条的毛边纸已经发黄，墨色分外浓黑。一边写的是"僧道无缘"，一边是"概不做保"。这地方每年总有一些和尚来化缘（道士似无化缘一说），背负一面长一尺、宽五寸的木牌，上画护法韦驮，敲着木鱼，走到较大铺户之前，总可得到一点布施。这些和尚走到八千岁门前，一看"僧道无缘"四个字，也就很知趣地走开了。不但僧道无缘，连叫花子也"概不打发"。叫花子知道不管怎样软磨硬泡，也不能从八千岁身上拔下一根毛来，也就都"别处发财"，省得白费工夫。中国不知从什么时候兴了铺保制度。领营业执照，向银行贷款，取一张"仰沿路军警一体放行，妥加保护"的出门护照，甚至有些私立学校填写入学志愿书，都要有两家"殷实铺保"。吃了官司，结案时要"取保释放"。因此一般"殷实"一些的店铺就有为人做保的义务。铺保不过是个名义，但也有时惹下一些麻烦。有的被保的人出了问题，官方警方不急于追究本人，却跟做保的店铺纠缠不休，目的无非是敲一笔竹杠。八千岁可不愿惹这种麻烦。"僧道无缘""概不做保"的店铺不止八千岁一家，然而八千岁如此，就不免引起路人侧目，同行议论。

八千岁米店的门面虽然极不起眼，"后身"可是很大。这后身本是夏家祠堂。夏家原是望族。他们聚族而居的大宅子的后面有很多大树，有合抱的大桂花，还有一湾流水，景色幽静，现在还被人称为夏家花园，但房屋已经残破不堪了。夏家败落之后，就把祠堂租给了八千岁。朝南的正屋里一长溜祭桌上还有许多夏家的显考显妣的牌位。正屋前有两棵柏树。起初逢清明，夏家的子孙还来祭祖，这几年来都不来了，那些刻字涂金的牌位东倒西歪，上面落了好多鸽子粪。这个大祠堂的好处是房屋都很高大，还有两个极大的天井，都是青砖铺的。那些高大房屋，正好当作积放稻子的仓廒，天井正好翻晒稻子。祠堂的侧门临河，出门就是码头。这条河四通八达，运粮极为方便。稻船一到，侧门打开，稻子可以由船上直接挑进仓里，这可以省去许多长途挑运的脚钱。

本地的米店实际是个粮行。单靠门市卖米，油水不大。一多半是靠做稻子生意，秋冬买进，春夏卖出，贱入贵出，从中取利。稻子的来源有二。有的是城中地主寄存的。这些人家收了租稻，并不过目，直接送到一家熟识的米店，由他们代为经营保管。要吃米时派个人去叫几担，要用钱时随时到柜上支取，年终结账，净余若干，报一总数。剩下的钱，大都仍存柜上。这些人家的大少爷，是连粮价也不知道的，一切全由米店店东经手。粮钱数目，只是一本良心账。另一来源，是店东自己收购的。八千岁每年过手到底有多少稻子，他是从来不说的，但是这瞒不住人。瞒不住同行，瞒不住邻居，尤其瞒不住挑夫的眼睛。这些挑夫给各家米店挑稻子，一眼估得出哪家的底子有多厚。他们说：八千岁是一只螃蟹，有肉都在壳儿里。他家仓廒里的堆稻的“窝积”挤得轧满，每一积都堆到屋顶。

另一件瞒不住人的事，是他有一副大碾子，五四大骡子。

这五匹骡子，单是那两匹大黑骡子，就是头三年花了八百现大洋从宋侉子手里一次买下来的。

宋侉子是个怪人。他并不侉。他是本城土生土长，说的也是地地道道的本地话。本地人把行为乖谬，悖乎常理，而又身材高大的人，都叫做侉子（若是身材瘦小，就叫做蛮子）。宋侉子不到二十岁就被人称为侉子。他也是个世家子弟，从小爱胡闹，吃喝嫖赌，无所不为；花鸟虫鱼，无所不好，还特别爱养骡子养马。父母在日，没有几年，他就把一点祖产挥霍得去了一半。父母一死，就更没人管他了，他干脆把剩下的一半田产卖了，做起了骡马生意。每年出门一两次。到北边去买骡马。近则徐州、山东，远到关东、口外。一半是寻钱，一半是看看北边的风景，吃吃黄羊肉、狍子肉、鹿肉、狗肉。他真也养成了一派侉子脾气。爱吃面食。最爱吃山东的锅盔、牛杂碎，喝高粱酒。酒量很大，一顿能喝一斤。他买骡子买马，不多买，一次只买几匹，但要是好的。花很大的价钱买来，又以很大的价钱卖出。

他相骡子相马有一绝，看中了一匹，敲敲牙齿，捏捏后胯，然后拉着缰绳领起走三圈，突然用力把嚼子往下一拽。他力气很大，一般的骡马禁不起他这一拽，当时就会打一个趔趄。像这样的，他不要。若是纹丝不动，稳若泰山，当面成交，立刻付钱，二话不说，拉了就走。由于他这种独特的选牲口的办法和豪爽性格，使他在几个骡马市上很有点名气。他选中的牲口也的确有劲，耐使，里下河一带的碾坊磨坊很愿意买他的牲口。虽然价钱贵些，细算下来，还是划得来。

那一年，他在徐州用这办法买了两匹大黑骡子，心里很高兴，下到店里，自个儿蹲在炕上喝酒。门帘一掀，进来个人：

“你是宋老大？”

“不敢，贱姓宋。请教？”

“甭打听。你喝酒？”

“哎哎。”

“你心里高兴？”

“哎哎。”

“你买了两匹好骡子？”

“哎哎。就在后面槽上拴着。你老看来是个行家，你给看看。”

“甭看，好牲口！这两匹骡子我认得！——可是你带得回去吗？”

宋侉子一听话里有话，忙问：

“莫非这两匹骡子有什么弊病？”

“你给我倒一碗酒。出去看看外头有没有人。”

原来这是一个骗局。这两匹黑骡子已经转了好几个骡马市，谁看了谁爱，可是没有一个人能把它们带走。这两匹骡子是它们的主人驯熟了的，走出二百里地，它们会突然挣脱缰绳，撒开蹄子就往家奔，没有人追得上，没有人截得住。谁买的，这笔钱算白扔。上当的已经不止一个人。进来的这位，就是其中的一个。

“不能叫这个家伙再坑人！我教你个法子：你连夜打四副铁镣，把它们镣起来。过了清江浦，就没事了，再给它砸开。”

“多谢你老！”

“甭谢！我这是给受害的众人报仇！”

宋侉子把两匹骡子牵回来，来看的人不断。碾坊、磨坊、油坊、糟坊，都想买。一问价钱，就不禁吐了舌头：“乖乖！”八千岁带着儿子小千岁到宋家看了看，心里打了一阵算盘。他知道宋侉子的脾气，一口价，当时就叫小千岁回去取了八百现大洋，一手交钱，一手交货，父子二人，一人牵了一匹，沿着大街，呱嗒呱嗒，走回米店。

这件事哄动全城。一连几个月。宋侉子贩骡子历险记和八千岁买骡子的壮举，成了大家茶余酒后的话题。谈论间自然要提及宋侉子荒唐怪诞的侉脾气和八千岁的二马裾。

每天黄昏，八千岁米店的碾米师傅要把骡子牵到河边草地上遛遛。骡子牵出来，就有一些人围在旁边看。这两匹黑骡子，真够“身高八尺，头尾丈二有余”。有一老者，捋须赞道：“我活这么大，没见过这样高大的牲口！”个子稍矮一点的，得伸手才能够着它的脊梁。浑身黑得像一匹黑缎子。一走动，身上亮光一闪一闪。去看八千岁的骡子，竟成了附近一些居民在晚饭之前的一件赏心乐事。

因为两匹骡子都是黑的，碾米师傅就给它们取了名字，一匹叫大黑子，一匹叫二黑子。这两个名字街坊的小孩子都知道，叫得出。

宋侉子每年挣的钱不少。有了钱，就都花在虞小兰的家里。

虞小兰的母亲虞芝兰是一个姓关的旗人的姨太太。这旗人做过一任盐务道，辛亥革命后在本县买田享福。这位关老爷本城不少人还记得。他的特点是说的一口京片子，走起路来一摇一摆，有点像戏台上的方巾丑，是真正的“方步”。他们家规矩特别大，礼节特别多，男人见人打千儿，女人见人行蹲安，本地人觉得很可笑。虞芝兰是他用四百两银子从北京西河沿南堂子买来的。关老爷死后，大妇不容，虞芝兰就带了随身细软，两箱子字画，领着女儿搬出来住，租的是挨着宜园的一所小四合院。宜园原是个私人花园，后来改成公园。园子不大，但北面是一片池塘，种着不少荷花，池心有一小岛，上面有几间水榭，本地人不大懂得什么叫水榭，叫它“荷花亭子”——其实这几间房子不是亭子。南面有一带假山，沿山种了很多梅花，叫做“梅岭”。冬末春初，梅花盛开，是很好看的。园中竹木繁茂，园外也颇有野趣，地方虽在城中，却是尘飞不到。虞芝兰就是看中它的幽静，才搬来的。

带出来的首饰字画变卖得差不多了，关家一家人已经搬到上海租界去住，没有人再来管她，虞芝兰不免重操旧业。

过了几年，虞芝兰揽镜自照，觉得年华已老，不好意思再扫榻留宾，就洗妆谢客，由女儿小兰接替了她。怕关家人来寻事，女儿随了妈的姓。

宋侉子每年要在虞小兰家住一两个月，朝朝寒食，夜夜元宵。他老婆死了，也不续弦，这里就是他的家。他有个孩子，有时也带了孩子来玩。他和关家算起来有点远亲，小兰叫他宋大哥。到钱花得差不多了，就说一声“我明天有事，不来了”，跨上他的踢雪乌骓骏马，一扬鞭子，没影儿了。在一起时，恩恩义义；分开时，潇潇洒洒。

虞小兰有时出来走走，逛逛宜园。夏天的傍晚，穿了一身剪裁合体的白绸衫裤，拿一柄生丝白团扇，站在柳树下面，或倚定红桥栏杆，看人捕鱼踩藕。她长得像一颗水蜜桃，皮肤非常白嫩，腰身、手、脚都好看。路上行人看见，就不禁放慢了脚步，或者停下来装做看天上的晚霞，好好地看她几眼。他们在心里想：这样的人，这样的命，深深为她惋惜；有人不免想到家中洗衣做饭的黄脸老婆，为自己感到一点不平；或在心里轻轻吟道：“牡丹绝色三春暖，不是梅花处士妻。”情绪相当复杂。

虞小兰，八千岁也曾看过，也曾经放慢了脚步。他想：长得是真好看，难怪宋侉子在她身上花了那么多钱。不过为一个姑娘花那么多钱，这值得么？他赶快迈动他的大脚，一气跑回米店。

八千岁每天的生活非常单调。量米。买米的都是熟人，买什么米，一次买多少，他都清楚。一见有人进店，就站起身，拿起量米升子。这地方米店量米兴报数，一边量，一边唱："一来，二来，三来——三升！"量完了，拍拍手——手上沾了米灰，接过钱，摊平了，看看数，回身走进柜台，一扬手，把铜钱丢在钱柜里，在"流水"簿里写上一笔，入头糙三升，钱若干文。看稻样。替人卖稻的客人到店，先要送上货样。店东或洽谈生意的"先生"，抓起一把，放在手心里看看，然后两手合拢搓碾，开米店的手上都有功夫，嚓嚓嚓三下，稻壳就全搓开了；然后吹去糠皮，看看米色，撮起几粒米，放在嘴里嚼嚼，品品米的成色味道。做米店的都很有经验，这是什么品种，三十子，六十子，矮脚籼，吓一跳，一看就看出来。在米店里学生意，学的也就是这些。然后谈价钱，这是好说的，早晚市价，相差无几。卖米的客人知道八千岁在这上头很精，并不跟他多磨嘴。

"前头"没有什么事的时候，他就到后面看看。进了隔开前后的屏门，一边是拴骡子的牲口槽，一边是一副巨大的石碾子。碾坊没有窗户，光线很暗，他欢喜这种暗暗的光。一近牲口槽，就闻到一股骡子粪的味道，他喜欢这种味道。他喜欢看碾米师傅把大黑子或二黑子牵出来。骡子上碾之前照例要撒一泡很长的尿，他喜欢看它撒尿。骡子上了套，石碾子就呼呼地转起来，他喜欢看碾子转，喜欢这种不紧不慢的呼呼的声音。

这二年，大部分米店都已经不用碾子，改用机器轧米了，八千岁却还用这种古典的方法生产。他舍不得这副碾子，舍不得这五匹大骡子。本县也还有些人家不爱吃机器轧的米，说是不香，有人家专门上八千岁家来买米的，他的生意不坏。

然后，去看看师傅筛米。那是一面很大的筛子，筛子有梁，用一根粗麻绳吊在房檩上，筛子齐肩高，筛米师傅就扶着筛子边框，一簸一侧地慢慢地筛。筛米的屋里浮动着细细的米糠，太阳照进来，空中像挂着一匹一匹白布。八千岁成天和米和糠打交道，还是很喜欢细糠的香味。

然后，去看看仓里的稻积子，看看两个大天井里晒的稻，或拿起"搡子"把稻子翻一遍——他身体结实，翻一遍不觉得累，连师傅们都很佩服；或轰一会麻雀。米店稻仓里照例有许多麻雀，叽叽喳喳叫成一片。宋侉子有时在天快黑的时候，拿一把竹枝扫帚拦空一扑，一扫帚能扑下十几只来。宋侉子说这是下酒的好东西，卤熟了还给八千岁拿来过。八千岁可不吃这种东西，这有什么吃头！

八千岁的食谱非常简单。他家开米店，放着高尖米不吃，顿顿都是头糙红米饭。菜是一成不变的熬青菜——有时放两块豆腐。初二、十六打牙祭，有一碗肉或一盘咸菜煮小鲫鱼。他、小千岁和碾米师傅都一样。有肉时一人可得切得方方的两块。

有鱼时一人一条——咸菜可不少，也够下饭了。有卖稻的客人时，单加一个荤菜，也还有一壶酒。客人照例要举杯让一让，八千岁总是举起碗来说："我饭陪，饭陪！"客菜他不动一筷子，仍是低头吃自己的青菜豆腐。

八千岁的米店的左邻右舍都是制造食品的。左边是一家厨房。这地方有这么一种厨房，专门包办酒席，不设客座。客家先期预订，说明规格，或鸭翅席，或海参席，要几桌。只需点明"头菜"，其余冷盘热菜都有定规，不须吩咐。除了热炒，都是先在家做成半成品，用圆盒挑到，开席前再加汤回锅煮沸。八千岁隔壁这家厨房姓赵，人称赵厨房，连开厨房的也被人叫做赵厨房——不叫赵厨子却叫赵厨房，有点不合文法。赵厨房的手艺很好，能做满汉全席。这满汉全席前清时也只有接官送官时才用，入了民国，再也没有人来订，赵厨房祖传的一套五福拱寿釉红彩的满堂红的细瓷器皿，已经锁在箱子里好多年了。右边是一家烧饼店。这家专做"草炉烧饼"。这种烧饼是一箩到底的粗面做的，做萜子只涂很少一点油，没有什么层，因为是贴在吊炉里用一把稻草烘熟的，故名草炉烧饼，以别于在桶状的炭炉中烤出的加料插酥的"桶炉烧饼"。这种烧饼便宜，也实在，乡下人进城，爱买了当饭。几个草炉烧饼，一碗宽汤饺面，有吃有喝，就饱了。八千岁坐在店堂里每天听得见左边煎炒烹炸的声音，闻得到鸡鸭鱼肉的香味，也闻得见右边传来的一阵一阵烧饼出炉时的香味，听得见打烧饼的槌子击案的有节奏的声音：定定郭，定定郭，定郭定郭定定郭，定，定，定……

八千岁和赵厨房从来不打交道，和烧饼店每天打交道。这地方有个“吃晚茶”的习惯，每天下午五点来钟要吃一次点心。钱庄、布店，概莫能外。米店因为有出力气的碾米师傅，这一顿“晚茶”万不能省。“晚茶”大都是一碗干拌面——葱花、猪油、酱油、虾籽、虾米为料，面下在里面；或几个麻团、“油墩子”——白铁敲成浅模，浇入稀面，以萝卜丝为馅，入油炸熟。八千岁家的晚茶，一年三百六十日，都是草炉烧饼，一人两个。这里的店铺，有“客人”，照例早上要请上茶馆。“上茶馆”是喝茶，吃包子、蒸饺、烧麦。照例由店里的“先生”或东家作陪。一般都是叫一笼“杂花色”（即各样包点都有），陪客的照例只吃三只，喝茶，其余的都是客人吃。这有个名堂，叫做“一壶三点”。八千岁也循例待客，但是他自己并不吃包点，还是从隔壁烧饼店买两个烧饼带去。所以他不是“一壶三点”。而是“一壶两饼”。他这辈子吃了多少草炉烧饼，真是难以计数了。好像这家烧饼店是专为他而开的。

他不看戏，不打牌，不吃烟，不喝酒。喝茶，但是从来不买“雨前”“雀舌”，泡了慢慢地品啜。他的账桌上有一个“茶壶桶”，里面焐着一壶茶叶棒子泡的颜色混浊的酽茶。吃了烧饼，渴了，就用一个特大的茶缸子，倒出一缸，骨嘟骨嘟一口气喝了下去，然后打一个很响的饱嗝。

他的令郎也跟他一样。这孩子才十六七岁，已经很老成。孩子的那点天真爱好，放风筝、掏蛐蛐、逮蝈蝈、养金铃子，都已经叫严厉的父亲的沉重的巴掌收拾得一干二净。八千岁到底还是允许他养了几只鸽子。这还是宋侉子求的情。宋侉子拿来几只鸽子，说："孩子哪儿也不去，你就让他喂几只鸽子玩玩吧。这吃不了多少稻子。你们不养，别人家的鸽子也会来。自己有鸽子，别家的鸽子不就不来了。"米店养鸽子，几乎成为通例，八千岁想了想，说："好，叫他养！"鸽子逐渐发展成一大群，点子、瓦灰、铁青子、霞白、麒麟，都有。从此夏氏宗祠的屋顶上就热闹起来，雄鸽子围着雌鸽子求爱，一面转圈儿，一面鼓着个嗉子不停地叫着："咯咯咕，咯咯咯咕……"夏家的显考显妣的头上于是就着了好些鸽子粪。小千岁一有空，就去鼓捣他的鸽子。八千岁有时也去看看，看看小千岁捉住一只宝石眼的鸽子，翻过来，正过去，鸽子眼里的"沙子"就随着慢慢地来回滚动，他觉得这很有趣，而且想：这是怎么回事呢？父子二人，此时此刻，都表现了一点童心。

八千岁那样有钱，又那样俭省，这使许多人很生气。

八千岁万万没有想到，他会碰上一个八舅太爷。

这里的人不知为什么对舅舅那么有意见。把不讲理的人叫做"舅舅"，讲一种胡搅蛮缠的歪理，叫做"讲舅舅理"。

八舅太爷是个无赖浪子，从小就不安分。小学五年级就穿起皮袍子，里面下身却只穿了一条纺绸单裤。上初中的时候，代数不及格，篮球却打得很漂亮，球衣球鞋都非常出众，经常代表校队、县队，到处出风头。初中三年级时曾用这地方出名的土匪徐大文的名义写信恐吓一个大财主，限他几天之内交一百块钱放在土地庙后第七棵柳树的树洞里，如若不然，就要绑他的票。这大财主吓得坐立不安，几天睡不着觉，又不敢去报案，竟然乖乖地照办了。这大财主原来是他的一个同班同学的父亲，常见面的。他知道这老头儿胆小，所以才敲他一下。初中毕业后，他读了一年体育师范，又上了一年美专，都没上完，却在上海入了青帮，门里排行是通字辈，从此就更加放浪形骸，无所不至。他居然拉过几天黄包车。他这车没有人敢坐——他穿了一套铁机纺绸裤褂在拉车！他把车放在会芳里弄堂口或丽都舞厅门外，专拉长三堂子的妓女和舞女。这些妓女和舞女可不在乎，她们心想：倷弗是要白相相吗？格么好，大家白相白相！又不是阎瑞生，怕点啥！后来又进了一个什么训练班，混进了军队，“安清不分远和近，三祖流传到如今”，因为青红帮的关系，结交很多朋友，虽不是黄埔出身，却在军队中很“兜得转”，和冷欣、顾祝同都能拉上关系。

抗战军兴，他随着所在部队调到江北，在里下河几个县轮流转。他手下部队有四营人，名义却是一个独立混成旅。

“八一三”以后，日本人打到扬州，就停下来，暂时不再北进。日本人不来，“国军”自然不会反攻，这局面竟维持了相当长的时间。起初人心惶惶，一夕数惊，到后来大家有点麻木了；竟好像不知道有日本兵就在一二百里之外这回事，大家该做什么还是做什么。种田的种田，做生意的做生意。长江为界，南北货源虽不那么畅通，很多人还可以通过封锁线走私贩运，虽然担点风险，获利却倍于以前。一时间，几个县竟呈现出一种畸形的繁荣，茶馆、酒馆、赌场、妓院，无不生意兴隆。

八舅太爷在这一带真是得其所哉。非常时期，军事第一，见官大一级，他到了哪里就成了这地方的最高军政长官，县长、区长，一传就到。军装给养，小事一桩。什么时候要用钱，通知当地商会一声就是。来了，要接风，叫做“驻防费”；走了，要送行，叫做“开拔费”。间三岔五的，还要现金实物“劳军”。当地人觉得有一支军队驻着，可以壮壮胆，军队不走，就说明日本人不会来，也似乎心甘情愿地孝敬他。他有时也并不麻烦商会，可以随意抓几个人来罚款。他的旅部的小牢房里经常客满。只要他一拍桌子，骂一声“汉奸”，就可以军法从事，把一个人拉出去枪毙。他一到哪里，就把当地的名花包下来，接到公馆里去住。一出来，就是五辆摩托车，他自己骑一辆，前后左右四辆，风驰电掣，穿街过市。城里和乡下的狗一见他的车队来了，赶紧夹着尾巴躲开。他是个霸王，没人敢惹他。他行八，小名叫小八子，大家当面叫他旅长、旅座，背后里叫他八舅太爷。

他这回来，公馆安在宜园。一见虞小兰，相见恨晚。他有时住在虞家，有时把虞小兰接到公馆里去。后来干脆把宜园的墙打通了——虞家和宜园本只一墙之隔，这样进出方便。

他把全城的名厨都叫来，轮流给他做饭。座上客常满，杯中酒不空。他爱唱京戏，时常把县里的名票名媛约来，吹拉弹唱一整天。他还很风雅，爱字画。谁家有好字画古董，他就派人去，说是借去看两天。有借无还。他也不白要你的，会送一张他自己画的画跟你换，他不是上过一年美专么？他的画宗法吴昌硕，大刀阔斧，很有点霸悍之气。他请人刻了两方押角图章，一方是阴文，“戎马书生”，一方是阳文，“富贵英雄美丈夫”——这是《紫钗记 · 折柳阳关》里的词句，他认为这是中国文学里最好的词句。他也有一匹乌骓马，他请宋侉子来给他看看，嘱咐宋侉子把自己的踢雪乌骓也带来。千不该万不该，宋侉子不该褒贬了八舅太爷的马。他说：“旅长，你这不是真正的踢雪乌骓。真正的踢雪乌骓是只有四个蹄子的前面有一小块白；你这匹，四蹄以上一圈都是白的，这是踏雪乌骓。”八舅太爷听了很高兴，说：“有道理！”接着又问：“你那匹是多少钱买的？”宋侉子是个外场人，他知道八舅太爷不是要他来相马，是叫他来进马了，反正这匹马保不住了，就顺水推舟，很慷慨地说：“旅长喜欢，留着骑吧！”——“那，我怎么谢你呢？我给你画一张画吧！”

宋侉子拿了这张画，到八千岁米店里坐下，喝了一碗茶叶棒泡的酽茶，说不出话来。八千岁劝他：“算了，是儿不死，是财不散，看开一点，你就当又在虞小兰家花了一笔钱吧！”宋侉子只好苦笑。

没想到，过了两天，八舅太爷派了两个兵把八千岁“请”去了。当这两个兵把八千岁铐上，推出店门时，八千岁只来得及跟儿子说一句：“赶快找宋大伯去要主意！”

宋侉子找到八舅太爷的秘书了解一下，案情相当严重，是“资敌”。八千岁有几船稻子，运到仙女庙去卖，被八舅太爷的部下查获了。仙女庙是敌占区。“资敌”就是汉奸，汉奸是要枪毙的。宋侉子知道罪不至此。仙女庙是粮食集散中心，本地贩粮至仙女庙，乃是常例，“抗战军兴”，未尝中断。不过别的粮商都是事前运动，打通关节，拿到“准予放行”的执照的，八千岁没有花这笔钱，八舅太爷存心找他的碴，所以他就触犯了军法。宋侉子知道这是非花钱不能了事的，就转弯抹角地问秘书，若是罚款，该罚多少。秘书说：“旅座的意思，至少得罚一千现大洋。”宋侉子说：“他拿不出来。你看看他穿的这身二马裾！”秘书说：“包子有肉，不在褶儿上。他拿得出，我们了解。你可以见他本人谈谈！”

宋侉子见了八千岁，劝他不要舍命不舍财，这个血是非出不可的。八千岁问：“能不能少拿一点？”宋侉子叫他拿出一百块钱送给虞芝兰，托虞小兰跟八舅太爷说说。八千岁说：“你做主吧。我一辈子就你这么个信得过的朋友！”说着就落了两滴眼泪。宋侉子心里也酸酸的。

虞小兰替八千岁说了两句好话：这个人一辈子省吃俭用，也怪可怜的。“八舅太爷说：”那好！看你的面子，少要他二百！他叫八千岁，要他八百不算多。他肯花八百块钱买两匹骡子，还不能花八百块钱买一条命吗！叫他找两个铺保，带了钱，到旅部领人。少一个，不行！

宋侉子说了好多好话，请了八千岁的两个同行，米店的张老板、李老板出面做保，带了八百现大洋，签字画押，把八千岁保了出来。张老板、李老板陪着八千岁出来，劝他：

“算了，是儿不死，是财不散。不就是八百块钱吗？看开一点。破财免灾，只当生了一场夹气伤寒。”

八千岁心里想：不是八百，是九百！不过回头想想，毕竟少花了一百，又觉得有些欣慰，好像他凭空捡到一百块钱似的。

八舅太爷敲了八千岁一杠子，是有精神上和物质上两方面理由的。精神上，他说：“我平生最恨俭省的人，这种人都该杀！”物质上，他已经接到命令，要调防，和另外一位舅太爷换换地方，他要“别姬”了，需要用一笔钱。这八百块钱，六百要给虞小兰买一件西狐肷的斗篷，好让她冬天穿了在宜园梅岭踏雪赏梅；二百，他要办一桌满汉全席，在水榭即荷花亭子里吃它一整天，上午十点钟开席，一直吃到半夜！

八舅太爷要办满汉全席的消息传遍全城，大家都很感兴趣，因为这是多年没有的事了。八千岁证实这消息可靠，因为办席的就是他的紧邻赵厨房。赵厨房到他的米店买糯米，他知道这是做火腿烧麦馅子用的；还买香粳米，这他就不解了。问赵厨房：“这满汉全席还上稀粥？”赵厨房说：“满汉全席实际上满点汉菜，除了烧烤，有好几道满洲饽饽，还要上几道粥，旗人讲究喝粥，莲子粥、苡米粥、芸豆粥……”“有多少道菜？”——“可多可少，八舅太爷这回是一百二十道。”——“啊？！”——“你没事过来瞧瞧。”

八千岁真还过去看了看：烧乳猪、叉子烤鸭、八宝鱼翅、鸽蛋燕窝……赵厨房说：“买不到鸽子蛋，就这几个，太小了！”八千岁说：“你要鸽子蛋，我那里有！”八千岁真是开了眼了，一面看，一面又掉了几滴泪，他想：这是吃我哪！

八千岁用一盆水把“食为民天”旁边的“概不做保”的字条闷了闷，刮下来。他这回是别人保出来的，以后再拒绝给别人做保，这说不过去。刮掉了，觉得还留着一条“僧道无缘”也没多少意思，而且单独一条，也不好看，就把“僧道无缘”也刮掉了。

八千岁做了一身阴丹士林的长袍，长短与常人等，把他的老蓝布二马裾换了下来。他的儿子也一同换了装。

吃晚茶的时候，儿子又给他拿了两个草炉烧饼来，八千岁把烧饼往账桌上一拍，大声说：

“给我去叫一碗三鲜面！”

载一九八三年第二期《人民文学》

徙

北溟有鱼，其名为鲲。鲲之大，不知其几千里也；化而为鸟，其名为鹏，鹏之背，不知其几千里也。怒而飞，其翼若垂天之云。是鸟也，海运则将徙于南溟。

《庄子·逍遥游》

很多歌消失了。

许多歌的词、曲的作者没有人知道。

有些歌只有极少数的人唱，别人都不知道。比如一些学校的校歌。

县立第五小学历年毕业了不少学生。他们多数已经是过六十的人了。他们之中不少人还记得母校的校歌，有人能够一字不差地唱出来。

西挹神山爽气，

东来邻寺疏钟，

看吾校巍巍峻峻，

连云栉比列其中。

半城半郭尘嚣远，

无女无男教育同。

桃红李白，

芬芳馥郁，

一堂济济坐春风。

愿少年，

乘风破浪，

他日毋忘化雨功！

每逢“纪念周”，每天上课前的“朝会”，放学前的“晚会”，开头照例是唱“党歌”，最后是唱校歌。一个担任司仪的高年级同学高声喊道：“唱——校——歌！”全校学生，三百来个孩子，就用玻璃一样脆亮的童音，拼足了力气，高唱起来。好像屋上的瓦片、树上的树叶都在唱。他们接连唱了六年，直到毕业离校，真是深深地印在脑子里了。说不定临死的时候还会想起这支歌。

歌词的意思是没有人解释过的。低年级的学生几乎完全不懂它说的是什么。他们只是使劲地唱，并且倾注了全部感情。到了四五年级，就逐渐明白了，因为唱的次数太多，天天就生活在这首歌里，慢慢地自己就琢磨出来了。最先懂得的是第二句。学校的东边紧挨一个寺，叫做承天寺。承天寺有一口钟。钟撞起来嗡嗡地响。“神山爽气”是这个县的“八景”之一。神山在哪里，“爽气”是什么样的“气”，小学生不知道，只是无端地觉得很美，而且有一种神秘感。下面的歌词也朦朦胧胧地理解了：是说学校有很多房屋，在城外，是个男女合校，有很多同学。总的说来是说这个学校很好。十来岁的孩子很为自己的学校骄傲，觉得它很了不起，并且相信别的学校一定没有这样一首歌。到了六年级，他们才真正理解了这首歌。毕业典礼上（这是他们第一次“毕业”），几位老师讲过了话，司仪高声喊道：“唱——校——歌！”这是他们最后一次大家聚在一起唱这支歌了。他们唱得异常庄重，异常激动。玻璃一样的童声高唱起来：

西挹神山爽气，

东来邻寺疏钟……

唱到“愿少年，乘风破浪，他日毋忘化雨功”，大家的心里都是酸酸的。眼泪在乌黑的眼睛里发光。这是这首歌的立意所在，点睛之笔，其余的，不过是敷陈其事。从语气看，像是少年对自己的勖勉，同时又像是学校老师对教了六年的学生的嘱咐。一种遗憾、悲哀而酸苦的嘱咐。他们知道，毕业出去的学生，日后多半是会把他们忘记的。

毕业生中有一些是乘风破浪，做了一番事业的；有的离校后就成为泯然众人，为衣食奔走了一生；有的，死掉了。

这不是一支了不起的歌，但很贴切。朴朴实实，平平常常，和学校很相称。一个在寺庙的废基上改建成的普通的六年制小学，又能写出多少诗情画意呢？人们有时想起，只是为了从干枯的记忆里找回一点淡淡的童年，在歌声中想起那些校园里的蔷薇花，冬青树，擦了无数次的教室的玻璃，上课下课的钟声，和球场上像烟火一样升到空中的一阵一阵的明亮的欢笑……

校歌的作者是高先生，有些人知道，有些人不知道。

先生名鹏，字北溟，三十后，以字行。家世业儒。祖父、父亲都没有考取功名，靠当塾师、教蒙学，以维生计。三代都住在东街租来的一所百年老屋之中，临街有两扇白木的板门，真是所谓寒门。先生少孤。尝受业于邑中名士谈甓渔，为谈先生之高足。

这谈甓渔是个诗人，也是个怪人。他功名不高，只中过举人，名气却很大。中举之后，累考不进，无意仕途，就在江南、江北、沭阳、溧阳等地就馆。他教出来的学生，有不少中了进士，谈先生于是身价百倍，高门大族，争相延致。晚年惮于舟车，就用学生谢师的银子，回乡盖了一处很大的房子，闭户著书。书是著了，门却是大开着的。他家门楼特别高大。为什么盖得这样高大？据说是盖窄了怕碰了他的那些做了大官的学生的纱帽翅儿。其实，哪会呢？清朝的官戴的都是顶子，缨帽花翎，没有帽翅。地方上人这样的口传，无非是说谈老先生的阔学生很多。这座大门里每年进出的知县、知府，确实不在少数。门楼宽大，是为了供轿夫休息用的。往年，两边放了极其宽长的条凳，柏木的凳面都被人的屁股磨得光光滑滑的了。谈家门楼巍然突出，老远的就能看见，成了指明方位的一个标志，一个地名。一说“谈家门楼”东边，“谈家门楼”斜对过，人们就立刻明白了。谈甓渔的故事很多。他念了很多书，学问很大，可是不识数，不会数钱。他家里什么都有，可是他愿意到处闲逛，到茶馆里喝茶，到酒馆里喝酒，烟馆里抽烟。每天出门，家里都要把他需用的烟钱、茶钱、酒钱分别装在布口袋里，给他挂在拐杖上，成了名副其实的“杖头钱”。他常常傍花随柳，信步所之，喝得半醉，找不到自己的家。他爱吃螃蟹，可是自己不会剥，得由家里人把蟹肉剥好，又装回蟹壳里，原样摆成一个完整的螃蟹。两个螃蟹能吃三四个小时，热了凉，凉了又热。他一边吃蟹，一边喝酒，一边看书。他没有架子，没大没小，无分贵贱，三教九流，贩夫走卒，都谈得来，是个很通达的人。然而，品望很高。就是点过翰林的李三麻子远远从轿帘里看见谈老先生曳杖而来，也要赶紧下轿，避立道侧。他教学生，教时文八股，也教古文诗赋，经史百家。他说：“我不愿谈甓渔教出来的学生，如郑板桥所说，对案至不能就一札！”他大概很会教书，经他教过的学生，不通的很少。

谈老先生知道高家很穷，他教高先生书，不受脩金。每回高先生的母亲封了节敬送去，谈老先生必亲自上门退回，说：

“老嫂子，我与高鹏的父亲是贫贱之交，总角之交，你千万不要这样！我一定格外用心地教他，不负故人。高鹏的天资，虽只是中上，但很知发愤。他深知先人为他取的名、字的用意。他的诗文都很有可观，高氏有子矣。北溟之鹏终将徙于南溟。高了，不敢说。青一衿，我看，如拾芥耳。我好歹要让他中一名秀才。”

果然，高先生在十六岁的时候，高高地中了一名秀才。众人说：高家的风水转了。

不想，第二年就停了科举。

废科举，兴学校，这个小县城里增添了几个疯子。有人投河跳井，有人跑到明伦堂[①]去痛哭，就在高先生所住的东街的最东头，有一姓徐的呆子。这人不知应考了多少次，到头来还是一个白丁。平常就有点迂迂磨磨，颠颠倒倒。说起话满嘴之乎者也。他老婆骂他：“晚饭米都没得一颗，还你妈的之乎——者也！”徐呆子全然不顾，朗吟道：“之乎者也矣焉哉，七字安排好秀才！”自从停了科举，他又添了一宗新花样。每逢初一、十五，或不是正日，而受了老婆的气，邻居的奚落，他就双手捧了一个木盘，盘中置一香炉，点了几根香，到大街上去背诵他的八股窗稿。穿着油腻的长衫，趿着破鞋，一边走，一边念。随着文气的起承转合，步履忽快忽慢；词句的抑扬顿挫，声音时高时低。念到曾经业师浓圈密点的得意之处，摇头晃脑，昂首向天，面带微笑，如醉如痴，仿佛大街上没有一个人，天地间只有他的字字珠玑的好文章。一直念到两颊绯红，双眼出火，口沫横飞，声嘶气竭。长歌当哭，其声冤苦。街上人给他这种举动起了一个名字，叫做“哭圣人”。

他这样哭了几年，一口气上不来，死在街上了。

高北溟坐在百年老屋之中，常常听到徐呆子从门外哭过来，哭过去。他恍恍惚惚觉得，哭的是他自己。

功名道断，高北溟怎么办呢？

头二年，他还能靠笔耕生活。谈先生还没有死。有人求谈先生的文字，碑文墓志，寿序挽联，谈先生都推给了高先生。所得润笔，尚可饘粥。谈先生寿终，高北溟缌麻服孝，尽礼致哀，写了一篇长长的祭文，泣读之后，忧心如焚。

他也曾像他的祖父和父亲一样，开设私塾教几个小小蒙童，教他们读三（字经）、百（家姓）、千（字文），《幼学琼林》《龙文鞭影》。然而除了少数极其守旧的人家，都已经把孩子送进学校了。他也曾挂牌行医看眼科。谈甓渔老先生的祖上本是眼科医生。他中举之后，还偶尔为人看眼疾。他劝高鹏也看看眼科医书，给他讲过平热泻肝之道。万一功名不就，也有一技之长，能够糊口。可是城里近年害眼的不多。有患赤红火眼的，多半到药店里买一副鹅翎眼药（装在一根鹅毛翎管里的红色的眼药），清水化开，用灯草点进眼内，就好了。眼科，不像“男妇内外大小方脉”那样有“走时”的时候。文章不能锅里煮，百无一用是书生，一家四口，每天至少要升半米下锅，如之何？如之何？

正在囊空咄咄，百无聊赖，有一个平素很少来往的世交沈石君来看他。沈石君比高北溟大几岁，也曾跟谈甓渔读过书，开笔成篇以后，到苏州进了书院。书院改成学堂，革命、“光复”……他就成了新派，多年在外边做事。他有志办教育，在省里当督学。回乡视察了几个小学之后，拍开了高家的白木板门。他劝高北溟去读两年简易师范，取得一个资格，教书。

读师范是被人看不起的。师范不收学费，每月还可有伙食津贴，师范生被人称为“师范花子”，但这在高北溟是一条可行的路，虽然现在还来入学读书，岁数实在太大些了。好在同学中年纪差近的也还有，而且“简师”只有两年，一晃也就过去了。

简师毕业，高先生在“五小”任教。

高先生有了职业，有了虽不丰厚但却可靠的收入，可以免于冻饿，不致像徐呆子似的死在街上了。

按规定，简师毕业，只能教初、中年级，因为高先生是谈甓渔的高足，中过秀才，声名籍籍，叫他去教“大狗跳，小狗叫，大狗跳一跳，小狗叫一叫”，实在说不过去，因此，破格担任了五、六年级的国文。即使是这样，当然也还不能展其所长，尽其所学。高先生并不意满志得。然而高先生教书是认真的。讲课、改作文，郑重其事，一丝不苟。

同事起初对他很敬重，渐渐地在背后议论起来，说这个人的脾气很“方”。是这样。高先生落落寡合，不苟言笑，不爱闲谈，不喜交际。他按时到校，到教务处和大家略点一点头，拿了粉笔、点名册就上教室。下了课就走。有时当中一节没有课，就坐在教务处看书。小学教师的品类也很杂。有正派的教师；也有头上涂着司丹康、脸上搽着雪花膏的纨绔子弟；戴着瓜皮秋帽、留着小胡子，琵琶襟坎肩的纽子挂着青天白日徽章，一说话不停地挤鼓眼的幕僚式的人物。他们时常凑在一起谈牌经，评“花榜”[②]，交换庸俗无聊的社会新闻，说猥亵下流的荤笑话。高先生总是正襟危坐，不作一声。同事之间为了“联络感情”，时常轮流做东，约好了在星期天早上“吃早茶”。这地方“吃早茶”不是喝茶，主要是吃各种点心——蟹肉包子、火腿烧麦、冬笋蒸馒、脂油千层糕。还可叫一个三鲜煮干丝，小酌两杯。这种聚会，高先生概不参加。小学校的人事说简单也简单，说复杂也挺复杂。教员当中也有派别，为了一点小小私利，排挤倾轧，勾心斗角，飞短流长，造谣中伤。这些派别之间的明暗斗争，又与地方上的党政权势息息相关，且和省中当局遥相呼应。千丝万缕，变幻无常。高先生对这种派别之争，从不介入。有人曾试图对他笼络（高先生素负文名，受人景仰，拉过来是个“实力”），被高先生冷冷地拒绝了。他教学生，也是因材施教，无所阿私，只看品学，不问家庭。每一班都有一两个他特别心爱的学生。高先生看来是个冷面寡情的人，其实不是这样，只是他对得意的学生的喜爱不形于色，不像有些婆婆妈妈的教员，时常摸着学生的头，拉着他的手，满脸含笑，问长问短。他只是把他的热情倾注在教学之中。他讲书，眼睛首先看着这一两个学生，看他们领会了没有。改作文，改得特别仔细。听这一两个学生回讲课文，批改他们的作文课卷，是他的一大乐事。只有在这样的时候，他觉得不负此生，做了一点有意义的事。对于平常的学生，他亦以平常的精力对待之。对于资质顽劣、不守校规的学生，他常常痛加训斥，不管他的爸爸是什么局长还是什么党部委员。有些话说得比较厉害，甚至侵及他们的家长。因这些，校中同事不喜欢他，又有点怕他。他们为他和自己的不同处而忿忿不平，说他是自命清高、沽名钓誉、不近人情，有的干脆说："这是绝户脾气！"

高先生没有儿子，只有两个女儿。

高先生性子很急，爱生气。生起气来不说话，满脸通红，脑袋不停地剧烈地摇动。他家世寒微，资格不高，故多疑。有时别人说了一两句不中听的话，或有意，或无意，高先生都会多心。比如有的教员为一点不顺心的事而牢骚，说："家有三担粮，不当孩子王！我祖上还有几亩薄田，饿不死。不为五斗米折腰，我辞职，不干了！"——"老子不是那不花钱的学校毕业的，我不受这份窝囊气！"高先生都以为这是敲打他，他气得太阳穴的青筋都绷起来了。看样子他就会拍桌大骂，和人吵一架，然而他强忍下了，他只是不停地剧烈地摇着脑袋。

高先生很孤僻，不出人情，不随份子，几乎与人不通庆吊。他家从不请客，他也从不赴宴。他教书之外，也还为人写寿序，撰挽联，委托的人家照例都得请请他。知单[3]送到，他照例都在自己的名字下书一"谢"字。久而久之，都知道他这脾气，也就不来多此一举了。

他不吃烟，不饮酒，不打牌，不看戏。除了学校和自己的家，哪里也不去，每天他清早出门，傍晚回家。拍拍白木的板门，过了一会，门开了。进门是一条狭长的过道，砖缝里长着扫帚苗，苦艾，和一种名叫“七里香”其实是闻不出什么气味，开着蓝色的碎花的野草，有两个黄蝴蝶寂寞地飞着。高先生就从这些野草丛中踏着沉重的步子走进去，走进里面一个小门，好像走进了一个深深的洞穴，高大的背影消失了。木板门又关了，把门上的一副春联关在外面。

高先生家的春联都是自撰的，逐年更换，不像一般人家是迎祥纳福的吉利话，都是述怀抱、舒愤懑的词句，全城少见。

这年是辛未年，板门上贴的春联嵌了高先生自己的名、字：

辛夸高岭桂

未徙北溟鹏

也许这是一个好兆，“未徙”者“将徙”也。第二年，即壬申年，高北溟竟真的“徙”了。

这县里有一个初级中学。除了初中，还有一所初级师范，一所女子师范，都是为了培养小学师资的。只有初中生，是准备将来出外升学的，因此这初中俨然是本县的最高学府。可是一向办得很糟。名义上的校长是李三麻子，根本不来视事。教导主任张维谷（这个名字很怪）是个出名的吃白食的人。他有几句名言：“不愿我请人，不愿人请我，只愿人请人，当中有个我。”人品如此，学问可知。数学教员外号“杨半本”，他讲代数、几何，从来没有把一本书讲完过，大概后半本他自己也不甚了了。历史教员姓居，是个律师，学问还不如高尔础。他讲唐代的艺术一节，教科书上说唐代的书法分“方笔”和“圆笔”，他竟然望文生义，说方笔的笔杆是方的，圆笔的笔杆是圆的。连初中的孩子略想一想，也觉得无此道理。一个学生当时就站起来问：“笔杆是方的，那么笔头是不是也是方的呢？”这帮学混子简直是在误人子弟。学生家长意见很大。到了暑假，学生闹了一次风潮（这是他们第一次参加的“学潮”）。事情还是从居大律师那里引起的。平日，学生在课堂上有什么不明白的问题问他，他的回答总是“书上有”。到学期考试时，学生搞了一次变相的罢考。卷子发下来，不到五分钟，一个学生以关窗为号，大家一起把卷子交了上去，每道试题下面一律写了三个字：“书上有！”张维谷及其一伙，实在有点“维谷”，混不下去了。

教育局长不得不下决心对这个学校进行改组——否则只怕连他这个局长也坐不稳。

恰好沈石君因和厅里一个科长意见不合，愤而辞职，回家闲居，正在四处写信，托人找事，地方上人挽他出山来长初中。沈石君再三推辞，禁不住不断有人踵门劝说，也就答应了。他只提出一个条件：所有教员，由他决定。教育局长沉吟了一会，说：“可以。”

沈石君是想有一番作为的。他自然要考虑各种关系，也明知局长的口袋里装了几个人，想往初中里塞，不得不适当照顾，但是几门主要课程的教员绝对不能迁就。

国文教员，他聘了高北溟。许多人都感到意外。

高先生自然欣然同意。他谈了一些他对教学的想法。沈石君认为很有道理。

高先生要求“随班走”。教一班学生，从初一教到初三，一直到送他们毕业，考上高中。他说别人教过的学生让他来教，如垦生荒，重头来起，事倍功半。教书教人，要了解学生，知己知彼。不管学生的程度，照本宣科，是为瞎教。学生已经懂得的，再来教他，是白费；暂时不能接受的，勉强教他，是徒劳。他要看着、守着他的学生，看到他是不是一月有一月的进步，一年有一年的进步。如同注水入瓶，随时知其深浅。他说当初谈老先生就是这样教他的。

他要求在部定课本之外，自选教材。他说教的是书，教书的是高北溟。“只有我自己熟读，真懂，我所喜爱的文章，我自己为之感动过的，我才讲得好。”他强调教材要有一定的系统性，要有重点。他也讲《苛政猛于虎》《晏子使楚》《项羽本纪》《出师表》《陈情表》、韩、柳、欧、苏。集中地讲的是白居易、归有光、郑板桥。最后一学期讲的是朱自清的《背影》，都德的《磨坊文札》。他好像特别喜欢归有光的文章。一个学期内把《先妣事略》《项脊轩志》《寒花葬志》都讲了。他要把课堂讲授和课外阅读结合起来。课上讲了《卖炭翁》《新丰折臂翁》，同时把白居易的新乐府全部印发给学生。讲了一篇《潍县署中寄弟墨》，把郑板桥的几封主要的家书、道情和一些题画的诗也都印发下去。学生看了，很有兴趣。这种做法，在当时的初中国文教员中极为少见。他选的文章看来有一个标准：有感慨，有性情，平易自然。这些文章有一个贯串性的思想倾向，这种倾向大体上可以归结为：人道主义。

他非常重视作文。他说学国文的最终的目的，是把文章写通。学生作文他先眉批一道，指出好处和不好处，发下去由学生自己改一遍，或同学间互相改；交上来，他再改一遍，加点批，再发给学生，让学生自己誊一遍，留起来；要学生随时回过头来看看自己的文章。他说，作文要如使船，撑一篙是一篙，作一篇是一篇。不能像驴转磨，走了三年，只在磨道里转。

为了帮助学生将来升学，他还自编了三种辅助教材。一年级是《字形音义辨》，二年级是《成语运用》，三年级是《国学常识》。

在县立初中读了三年的学生，大部分文字清通，知识丰富，他们在考高中，甚至日后在考大学时，国文分数都比较高，是高先生给他们打下的底子。更重要的是他们学会了欣赏文学——高先生讲过的文章的若干片段，许多学生过了三十年还背得；他们接受了高先生通过那些选文所传播的思想——人道主义，影响到他们一生的立身为人。呜呼，先生之泽远矣！

（玻璃一样脆亮的童声高唱着。瓦片和树叶都在唱。）

高先生的家也搬了。搬到老屋对面的一条巷子里。高先生用历年的积蓄，买了一所小小的四合院。房屋虽也旧了，但间架砖木都还结实。天井里花木扶疏，苔痕上阶，草色入帘，很是幽静。

高先生这几年心境很好，人也变随和了一些。他和沈石君以及一般同事相处甚得。沈石君每年暑假要请一次客，对校中同仁表示慰劳，席间也谈谈校务。高先生是不须催请，早早就到的。他还备了几样便菜，约几个志同道合的教员，在家里赏荷小聚。（五小的那位师爷式的教员听到此事，编了一条歇后语：“高北溟请客——破天荒。”）这几年，很少看到高先生气得脑袋不停地剧烈地摇动。

高先生有两件心事。

一件是想把谈老师的诗文刻印出来。

谈老先生死后，后人很没出息，游手好闲，坐吃山空，几年工夫，把谈先生挣下的家业败得精光，最后竟至靠拆卖房屋的砖瓦维持生活。谈老先生的宅第几乎变成一片瓦砾，旧池乔木，荡然无存。门楼倒还在，也破落不堪了。供轿夫休息的长凳早没有了，剩了一个空空的架子。里面有一算卦的摆了一个卦摊。条桌上放着签筒。桌前系着桌帷，白色的圆“光”里写了四个字：“文王神课。”算卦的伏在桌上打盹。这地方还叫做“谈家门楼”。过路人走过，都有不胜今昔之感，觉得沧海桑田，人生如梦。

谈老先生的哲嗣名叫幼渔。到无米下锅时，就到谈先生的学生家去打秋风。到了高北溟家，高先生总要周济他一块、两块、三块、五块。总不让他空着手回去。每年腊月，还得为他准备几斗米，一方腌肉，两条风鱼，否则这个年幼渔师弟过不去。

高北溟和谈先生的学生周济谈幼渔，是为了不忘师恩，是怕他把谈先生的文稿卖了。他已经几次要卖这部文稿。买主是有的，就是李三麻子（此人老而不死）。高先生知道，李三麻子买到文稿，改头换面，就成了他的著作。李三麻子惯于欺世盗名，这种事干得出。李三麻子出价一百，告诉幼渔，稿到即付。

高先生狠了狠心，拿出一百块钱，跟谈幼渔把稿子买了。

想刻印，却很难。松华斋可以铅印，尚古房可以雕板。问了问价钱，都贵得吓人，为高北溟力所不及。稿子放在架上，逐年摊晒。高先生觉得对不起老师，心里很不安。

另一件心事是女儿高雪的前途和婚事。

高先生的两个女儿，长名高冰，次名高雪。

高雪从小很受宠，一家子都惯她，很娇。她用的东西都和姐姐不一样。姐姐夏天穿的衣是府绸的，她穿的是湖纺。姐姐穿白麻纱袜，她却有两条长筒丝袜。姐姐穿自己做的布鞋，她却一会是“千底一带”，一会是白网球鞋，并且在初中二年级就穿了从上海买回来的皮鞋。姐姐不嫉妒，倒说：“你的脚好看，应该穿好鞋。”姐姐冬天烘黄铜的手炉，她的手炉是白铜的。姐姐扇细芭蕉扇，她扇檀香扇。东西也一样。吃鱼，脊梁、肚皮是她的（姐姐吃鱼头、鱼尾，且说她爱吃），吃鸡，一只鸡腿归她（另一只是高先生的）。她还爱吃陈皮梅、嘉应子、橄榄。她一个人吃。家务事也不管。扫地、抹桌、买菜、煮饭，都是姐姐。高起兴来，打了井水，把家里什么都洗一遍，砖地也洗一遍，大门也洗一遍，弄得家里水漫金山，人人只好缩着脚坐在凳子上。除了自己的衣服，她不洗别人的。被褥帐子，都是姐姐洗。姐姐在天井里一大盆一大盆，洗得汗马淋漓，她却躺在高先生的藤椅上看《茵梦湖》。高先生的藤椅，除了她，谁也不坐，这是一家之主的象征。只有一件事，她乐意做：浇花。这是她的特权，别人不许浇。

高先生治家很严，高师母、高冰都怕他。只有对高雪，从未碰过一指头。在外面生了一点气，回来看看这个“欢喜团”，气也就消了。她要什么，高先生都依她。只有一次例外。

高雪初三毕业，要升学（高冰没有读中学，小学毕业，就在本城读了女师，已经在教书）。她要考高中，将来到北平上大学。高先生不同意，只许她报师范。高雪哭，不吃饭。妈妈和姐姐坐在床前轮流劝她。

“不要这样。多不好。爸爸不是不想让你向高处飞，爸爸没有钱。三年高中，四年大学，路费、学费、膳费、宿费，得好一笔钱。”

“他有钱！”

“他哪有钱呀！”

“在柜子里锁着！”

“那是攒起来要给谈老先生刻文集的。”

“干嘛要给他刻！”

“这孩子，没有谈老先生，爸爸就没有本事。上大学呢！你连小学也上不了。知恩必报，人不能无情无义。”

“再说那笔钱也不够你上大学。好妹妹，想开一点。师范毕业，教两年，不是还可以考大学吗？你自己攒一点，没准爸爸这时候收入会更多一些。我跟爸爸说说，我挣的薪水，一半交家里，一半给你存起来，三四年下来，也是个数目。”

“你不用？”

“我？——不用！”

高雪被姐姐的真诚感动了，眼泪晶晶的。

姐姐说得也有理。国民党教育部有个规定，师范毕业，教两年小学，算是补偿了师范三年的学杂费，然后可以考大学。那时大学生里岁数大，老成持重的，多半曾是师范生。

“快起来吧！不要叫爸爸心里难过。你看看他：整天不说话，脑袋又不停地摇了。”

高雪虽然娇纵任性，这点清清楚楚的事理她是明白的。她起来洗洗脸，走到书房里，叫了一声：

“爸爸！”

并盛了一碗饭，用茶水淘淘，就着榨菜，吃了。好像吃得很香。

高先生知道女儿回心转意了，他心里倒酸渍渍的，很不好受。

高雪考了苏州师范。

高雪小时候没有显出怎么好看。没有想到，女大十八变，两三年工夫，变成了一个美人。每年暑假回家，一身白。白旗袍（在学校只能穿制服：白上衣，黑短裙），漂白细草帽，白纱手套，白丁字平跟皮鞋。丰姿楚楚，行步婀娜，态度安静，顾盼有光。不论在火车站月台上，轮船甲板上，男人女人都朝她看。男人看了她，敞开法兰绒西服上衣的扣，露出新买的时式领带，频频回首，自作多情。女的看了她，从手提包里取出小圆镜照照自己。各依年貌，生出不同的轻轻感触。

她在学校里唱歌、弹琴，都很出色。唱的歌是《茶花女》的《饮酒歌》，弹的是肖邦的小夜曲。

她一回本城，城里的女孩子都觉得自己很土。她们说高雪有一种说不出来的派头。

有女儿的人说："高北溟生了这样一个女儿，这个爸爸当得过！"

任何小城都是有风波的。因为省长易人，直接影响到这个小县的人事。县长、党部、各局，统统来了一个大换班。公职人员，凡靠领薪水吃饭的，无不人心惶惶。

一县的人事更代，自然会波及到县立初中。

三十几个教育界人士，联名写信告了沈石君。一式两份，分送厅、局。执笔起草的就是居大律师。他虽分不清方笔、圆笔，却颇善于刀笔。主要的罪名是：“把持学政，任用私人，倡导民主，宣传赤化。”后两条是初中图书馆里买了鲁迅、高尔基的书，订了《生活周刊》，“纪念周”上讲时事。“任用私人”牵涉到高北溟。信中说：“简师毕业，而教中学，纵观全国，无此特例。只为同门受业，不惜破格躐等，遂使寰城父老疾首，而令方帽学士寒心。”指摘高北溟的教学是“不依规矩，自作主张，藐视部厅，搅乱学制”。

有人把这封信的底稿抄了一份送给沈石君。沈石君看了，置之一笑。他知道这个初中校长的位置，早已有人觊觎，自厅至局，已经内定。这封控告信，不过是制造一个查办的口实。此种官场小伎俩，是三岁小儿都知道的。和这些人纠缠，味同嚼蜡。何况他已在安徽找到事，毫无恋栈之心。为了给当局一个下马台阶，彼此不伤和气，他自己主动递了一封辞职书。不两天，批复照准。继任校长，叫尹同霖，原是办党务的——新换上的各局首脑也都是清一色，是县党部的委员。这一调整充分体现了“以党治国”精神。没有等办理交代，尹同霖先来拜会了沈石君，这是给他一个很大的面子，免得彼此心存芥蒂。尹同霖问沈石君有什么托付，沈石君只希望他能留高北溟。尹同霖满口答应。

沈石君束装就道之前，来看了高北溟，说他已和同霖提了，这点面子料想他会给的，他叫高北溟不要另外找事，安心在家等聘书。

不料，快开学了，聘书还不下来。同时，却收到第五小学的聘书。聘书后盖着五小新校长的签名章：张维谷。这是怎么回事呢？他并未向张维谷谋过职呀。

高先生只得再回五小去教书。

高先生到教务处看看，教员大半还是熟人。他和大家点点头，拿了粉笔、点名册往教室里走。纨绔子弟和幕僚在他身后努努嘴，演了一出双簧。一个说“好马不吃回头草”，一个说“前度刘郎今又来”。高北溟只当没有听见。

五年级有一个学生叫申潜，是现任教育局长的儿子，异常顽劣，上课时常捣乱。有一次他乘高先生回身写黑板时，用弹弓纸弹打人，一弹打在高先生的后脑勺上。高先生勃然大怒，把他训斥了一顿。不想申潜毫不认错，反而睖着眼睛看着高先生，眼睛里充满了鄙视。他没有说一句话，但是高先生从他的眼睛里清清楚楚听得到：“你有什么了不起！我爸爸动一动手指头，你们的饭碗就完蛋！”高先生狂吼起来：“你仗你老子的势！你们！你们这些党棍子，你们欺人太甚！”他的脑袋剧烈地摇动起来。一堂学生被高先生的神气吓呆了，鸦雀无声。

谈甓渔的文稿没有刻印出来。永远也没有刻印出来的希望了。

高雪病了。

按规定，师范毕业，还要实习一年，才能正式任教，高雪在实习一年的下学期，发现自己下午潮热（同学们都看出她到下午两颊微红，特别好看），夜间盗汗，浑身没有力气。撑到学期终了，回了家，高师母知道女儿病状，说是："可了不得！"这地方讳言这种病的病名，但是大家心里都明白。高先生请了汪厚基来给高雪看病。

汪厚基是高先生最喜欢的学生，说他"绝顶聪明"。他从一年级到六年级，各门功课都是全班第一。全县的作文比赛，书法比赛，他都是第一名。他临毕业的那年，高先生为人撰了一篇寿序。经寿翁的亲友过目之后，大家商量请谁来写。高先生一时高兴，推荐了他这个得意的学生。大家觉得叫一个孩子来写，倒很别致，而且可以沾一沾返老还童的喜气，就说不妨一试。汪厚基用多宝塔体写了十六幅寿屏，字径二寸，笔力饱满。张挂起来，满座宾客，无不诧为神童。高先生满以为这个学生一定会升学，将来一定会出人头地。他家里开爿米店，家道小康，升学没有多大困难。不想他家里决定叫他学医——学中医。高先生听说，废书而叹，连声说："可惜，可惜！"

汪厚基跟一个姓刘的老先生学了几年，在东街赁了一间房，挂牌行医了。他看起来完全不像个中医。中医宜老不宜少，而且最好是行动蹒跚，相貌奇古，这样病家才相信。东街有一个老中医就是这样。此人外号李花脸，满脸的红记，一年多半穿着紫红色的哆啰呢夹袍，黑羽纱马褂，说话是个囔鼻儿，浑身发出樟木气味，好像才从樟木箱子里拿出来。汪厚基全不是这样，既不弯腰，也不驼背，英俊倜傥，衣着入时，像一个大学毕业生。他开了方子，总把笔套上——中医开方之后，照例不套笔，这是一种迷信，套了笔以后就不再有人找他看病了。汪厚基不管这一套，他会写字，爱笔。他这个中医还订了好几份杂志，并且还看屠格涅夫的小说。这些都是对行医不利的。但是也许沾了“神童”的名誉的光，请他看病的不少，收入颇为可观。他家里觉得叫他学医这一步走对了。

他该成家了，来保媒的一年都有几起。汪厚基看不上。他私心爱慕着高雪。

他和高雪小学同班。两家住得不远。上学，放学，天天一起走，小时候感情很好。街上的野孩子有时欺负高雪，向她扔土坷垃，汪厚基就给她当保镖。他还时常做高雪掉在河里，他跳下去把她救起来这样的英雄的梦。高雪读了初中，师范，他看她一天比一天长得漂亮起来。隔几天看见她，都使他觉得惊奇。高雪上师范三年级时，他曾托人到高家去说媒。

高师母是很喜欢汪厚基的。高冰说：“不行！妹妹是个心高的人，她要飞到很远的地方去。她要上大学。她不会嫁一个中医。妈，您别跟妹妹说！”高北溟想了一天，对媒人说：“高雪还小。她还有一年实习，再说吧。”媒人自然知道，这是一种委婉的推托。

汪厚基每天来给高雪看病，汪厚基觉得这是一种福。高雪也很感激他。看了病，汪厚基常坐在床前，陪高雪闲谈。他们谈了好多小时候的事。彼此都记得那么清楚。高雪一天比一天地好起来了。

高雪病愈之后，就在本县一小教书——她没有能在外地找到事。她一面补习功课，准备考大学。

接连考了两年，没有考取。

第三年，“七七”事变，抗日战争爆发，她所向往的大学，都迁到了四川、云南。日本人占领了江南，本县外出的交通断了。她想冒险通过敌占区，往云南、四川去。全家人都激烈反对，她只好在这个小城里困着。

高雪的岁数一年比一年大，该嫁人了。多少双眼睛都看着她。她老不结婚，大家就都觉得奇怪。城里渐渐有了一些流言。轻嘴薄舌的人很多。对一个漂亮的少女，有人特别爱用自己肮脏的舌头来糟蹋她，话说得很难听，说她外面有人，还说……唉，别提这些了吧。

高雪在学校是经常收到情书。有的摘录了李后主、秦少游的词，满纸伤感惆怅。有的抄了一些外国诗。有一位抄了一大段拜伦的情诗的原文，害得她还得查字典。这些信大都也有一点感情，但又都不像很认真。高雪有时也回信，写的也是一些虚无缥缈的话。她并没有一个真正的情人。

本县的小学里不断有人向她献殷勤，她一个也看不上，觉得他们讨厌。

汪厚基又托媒人来说了几次媒，都被用不同的委婉言词拒绝了——每次家里问高雪，她都是摇摇头。

一次又一次，高家全家的心都活了，连高冰也改变了态度。她和高雪谈了半夜。

“行了吧。汪厚基对你是真心。他说他非你不娶，是实话。他脾气好，一定会对你很体贴。人也不俗。你们不是也还谈得来么？你还挑什么呢？你想要一个什么人？你想要的，这个县城里没有！妹妹，你不小了。听姐姐话，再拖下去，你真要留在家里当老姑娘？这是命，你心高命薄。退一步看，想宽一点。花开堪折直须折，莫待无花空折枝呀……”

高雪一直没有说话。

高雪同意和汪厚基结婚了。婚后的生活是平静的。汪厚基待高雪，真是含在口里怕她化了，体贴到不能再体贴。每天下床，都是厚基给她穿袜子，穿鞋。她梳头，厚基在后面捧着镜子。天凉了，天热了，厚基早给她把该换的衣服找出来放着。嫂子们常常偷偷在窗外看这小两口的无穷无尽的蜜月新婚，抿着嘴笑。

然而高雪并不快乐，她的笑总有点凄凉。半年之后，她病了。

汪厚基自己给她看病，亲自到药店去抓药，亲自煎药，还亲自尝一尝。他把全部学识都拿出来了。然而高雪的病没有起色。他把全城同行名医，包括几个西医，都请来给高雪看病。可是大家都说不出一个所以然，连一个准病名都说不出，一人一个说法。一个西医说了一个很长的拉丁病名，汪厚基请教是什么意思，这位西医说："忧郁症。"

病了半年，百药罔效，高雪瘦得剩了一把骨头。厚基抱她起来，轻得像一个孩子。高雪觉得自己不行了，叫厚基给她穿衣裳。衣裳穿好了，袜子也穿好了，高雪微微皱了皱眉，说左边的袜跟没有拉平。厚基给她把袜跟拉平了，她用非常温柔的眼光看着厚基，说："厚基，你真好！"随即闭了眼睛。

汪厚基到高先生家去报信。他详详细细叙说了高雪临死的情形，说她到最后还很清醒，"我给她穿袜子，她还说左边的袜跟没有拉平。"高师母忍不住，到房里坐在床上痛哭。高冰的眼泪不断流出来，喊了一声："妹妹，你想飞，你没有飞出去呀！"高先生捶着书桌说："怪我！怪我！怪我！"他的脑袋不停地摇动起来。——高先生近年不只在生气的时候，只要感情一激动，就摇脑袋。

汪厚基把牌子摘了下来，他不再行医了。"我连高雪的病都看不好，我还给别人看什么？"这位医生对医药彻底发生怀疑："医道，没有用！——骗人！"他变得有点傻了，遇见熟人就说："她到最后还很清醒，我给她穿袜子，她还说左边袜跟没有拉平……"他不知道，他已经跟这人说过几次了。他的眼光呆滞，反应也很迟钝了。他的那点聪明灵气已经全部消失。他整天无所事事，一起来就到处乱走。家里人等他吃饭，每回看不见他，一找，他都在高雪的坟旁坐着。

高先生已经死了几年了。

五小的学生还在唱：

西挹神山爽气，

东来邻寺疏钟……

墓草萋萋，落照昏黄，歌声犹在，斯人邈矣。

高先生在东街住过的老屋倒塌了，临街的墙壁和白木板门倒还没有倒。板门上高先生写的春联也还在。大红朱笺被风雨漂得几乎是白色的了，墨写的字迹却还很浓，很黑。

辛夸高岭桂

未徙北溟鹏

一九八一年八月四日于青岛黄岛

载一九八一年第十期《北京文学》

① 明伦堂是孔庙的正殿，供着至圣先师的牌位。

② 把城中妓女加以品评，定出状元、榜眼、探花、一甲、二甲，在小报上公布，谓之“花榜”。嫖客中的才子同时还写了一些很香艳的诗来咏这些“花”。

③ 请客的单子，上面开列了要请的客。被请的人如在自己的姓名下写“敬陪末座”或一“知”字，即表示准时赴席；写一“谢”字是表示不到。